CHARLES FOIX

UNE TRILOGIE

ADONIS ※ SILÈNE ※ LA TRAGÉDIE DE DIONYSOS ※

PARIS. LES ÉDITIONS
H. JONQUIÈRES & Cie
21, RUE VISCONTI, 21.

UNE TRILOGIE

IL A ÉTÉ TIRÉ VINGT-CINQ EXEMPLAIRES SUR VERGÉ DE RIVES, DONT 15 MIS DANS LE COMMERCE NUMÉROTÉS DE 1 A 15 ET 10 HORS COMMERCE SIGNÉS PAR L'AUTEUR
ET QUINZE CENTS EXEMPLAIRES SUR PAPIER D'ALFA NUMÉROTÉS DE 16 A 1515

EXEMPLAIRE N°

CHARLES FOIX

UNE TRILOGIE

ADONIS ❋ SILÈNE ❋ LA TRAGÉDIE DE DIONYSOS ❋

PARIS. LES ÉDITIONS
H. JONQUIÈRES & Cie
21, RUE VISCONTI, 21.

Le lecteur me pardonnera de répondre à quelques objections :

Usage de Mythes disparus.

La poésie, dès qu'elle sort du domaine purement lyrique et subjectif, ne peut guère se passer de Mythes. Il y a dans les Mythes enfantés par l'imagination des peuples une force, une vie, une crédibilité que ne peut posséder un Mythe nouveau, créé pour le poème par le poète. Les vieux Mythes méditerranéens, à la fois si profonds et si lucides, font partie intégrante de notre pensée bien mieux que les légendes celtiques. Il suffit d'en chercher, non la végétation superficielle et variable, mais le tuf profond pour les voir s'agiter, revivre, exprimer d'une synthèse lumineuse les plus essentielles de nos intuitions.

Absence relative ou usage trop fréquent des rythmes classiques ou de leurs altérations modernes. Mélange des deux méthodes.

L'idée et la forme surgissent en général de façon solidaire et s'imposent l'une et l'autre et l'une à l'autre avec un caractère de nécessité. Une nouvelle forme, substituée par contrainte au premier jet, c'est, dans une certaine mesure, une déformation de l'idée. Je n'ai donc, laissant de côté tout esprit de système, qu'exceptionnellement modifié l'allure générale de l'inspiration primitive pensant ainsi lui mieux laisser sa vérité native et sa fraîcheur.

J'ajouterai que les rythmes classiques, exception faite du vers à rimes plates, fatiguent à la longue par leur précision absolue. Les altérations modernes, lâches, un peu molles, se rapprochant d'une prose où l'on aurait noté les reprises du son, permettent, sans lassitude excessive, une lecture relativement prolongée. Elles représentent ce pain nécessaire à un repas un peu copieux, dont parle Nietzsche. Quant au mélange des deux méthodes, je l'ai fait sans aucune hésitation. Elles me paraissent en effet non pas contradictoires, mais dérivées l'une de l'autre.

Emprunts.

Le lecteur les reconnaîtra au passage. Les plus importants sont : dans SILÈNE, ceux faits à la THÉOGONIE ; dans ADONIS, l'adaptation à la scène 4 de l'admirable idylle de BION. En outre on m'a fait remarquer que le sujet même de SILÈNE l'apparente à l'Églogue virgilienne n° 6. C'est vrai, mais je n'y avais pas pensé.

Pour le reste..... que Dieu nous aide !

ADONIS

ADONIS

SCÈNE I

LA paix sereine de la Mort et le palais souterrain de Perséphone.

Dans la pénombre grise un catafalque bas, tendu de velours noir, jonché de lys et d'asphodèles ; — et sur ce catafalque Adonis étendu, très pâle, revêtu d'une tunique blanche et le front couronné de pavots.

Les boucles de ses cheveux noirs baignent la nudité de ses épaules, ses yeux sont clos, ses lèvres immobiles, il est très beau.

Sept flambeaux, trois de chaque côté, un à la tête, l'enveloppent de mouvante clarté.

A ses pieds, Perséphone à genoux, cheveux noirs et

vêtue de noir, le contemple d'un air d'amoureuse détresse.

Dans le fond, les filles de la Nuit, cheveux noirs et vêtues de noir également, forment le double chœur rangé en demi-cercle.

De lourds parfums, brûlant avec une lourde fumée, emplissent l'atmosphère ténébreuse d'une odeur palpable d'encens.

LE CHŒUR

Il dort ?...

PERSÉPHONE

Il dort.

LE CHŒUR

Ah, puisse-t-il dormir toujours !

PERSÉPHONE

Bientôt, c'est l'heure...

LE CHŒUR

Ne réveillez pas, ne réveillez pas l'Amour,
Avant que le jour ne l'effleure !

— Un silence, puis Perséphone à son tour :

PERSÉPHONE

Il dort ?...

LE CHŒUR

Il dort.

PERSÉPHONE

Ah, puisse-t-il dormir toujours !

LE CHŒUR

Bientôt, c'est l'heure...

PERSÉPHONE

Ne réveillez pas, ne réveillez pas l'Amour,
Avant que le jour ne l'effleure !

— Un silence plus court —

CHŒUR ALTERNÉ DES FILLES DE LA NUIT

STROPHE

Telle, divine, entre les fleurs
Qu'un divin faucheur a fauchées

Dans un parterre aux profondes senteurs,
Repose une Vierge couchée,
Tel, épars, un bouquet de lys,
Forme pure, image divine
De l'adolescence masculine,
Il dort, le jeune homme, Adonis !

ANTISTROPHE

Le Sommeil Nocturne a clos ses yeux
Et la rose triste de sa bouche,
Avec un rire silencieux
Il s'est approché de sa couche,
Il a baisé le front pâli,
Il a baisé la bouche offerte,
Et la tête retombe inerte,
Et les bras gisent sur le lit.

STROPHE

De lourds pavots entrelacés
Comme un symbolique diadème
Cernent le repos de son front blême, —
Les boucles de ses cheveux tressés
Roulent sur ses blanches épaules,
Telles, quand Hélios a fui,
Sur le marbre des Acropoles
Retombent les ailes de la Nuit !

ADONIS

ANTISTROPHE

Il dort l'immobile sommeil
Des pavots funèbres de sa tête,
Le sommeil sans rêve ni réveil,
Le sommeil où le cœur s'arrête.
Il dort l'immobile sommeil
Des pavots funèbres de sa tête !

STROPHE

Ici, dans cette lourde paix,
Où la mort seule agite ses palmes,
Tout ce qui a pleuré se tait,
Tout ce qui a souffert se calme,
Il n'est ni rires ni sanglots,
Ni désir d'étreinte charnelle,
Seulement ceci, le Repos,
Le long repos dans la Nuit éternelle !

ANTISTROPHE

Comme un chant sans rire et sans pleur
Dans le jardin sans pleur ni rire,
Comme une gaieté sans sourire,
Comme une tristesse sans douleur,
Très doucement nos voix le bercent
Et s'élèvent dans l'air dolent
Où jamais les ailes du vent
Ne s'emparent d'elles et les dispersent !

UNE TRILOGIE

MÉSODE

Elles flottent au-dessus de son corps
Comme un lourd nuage de tendresse,
D'amour sans désir ni remords,
Elles l'enveloppent et le caressent
Dans les bras profonds de la Mort !

STROPHE

Que l'hiver qui meurt rie au printemps
Qui peuple d'oiseaux les charmilles,
Rend plus hardis les jeunes gens,
Et gonfle le sein des jeunes filles
Avec des soupirs énervants
Et des rires où le soleil brille,

ANTISTROPHE

Que l'automne mourant pleure ses larmes
Dans la détresse des soirs plus courts,
Que les expirantes amours
Avec des caresses s'acharnent
A ressusciter les anciens jours,

STROPHE

Il n'est dans la paix monotone
Du jardin funèbre où tout s'endort
Ni souffle de vie ou de mort,

Ni chant de printemps ou d'automne,
Ni cris, ni rires, ni sanglots,
Il n'est ici rien autre chose
Que le grand sommeil qui repose
Sous le calme symbole des pavots.

ANTISTROPHE

Ami, dors le profond sommeil
Des pavots funèbres de ta tête,
Le sommeil sans rêve ni réveil,
Le sommeil où le cœur s'arrête,
Ami, dors le profond sommeil
Des pavots funèbres de ta tête !

— *Une pause* —

LA CHORYPHÉE

ÉPODE

Dans la nuit de l'Hadès, ô reine
Pensive, tu gardes le jeune homme
Depuis que dans les bois montagneux de la Thrace
Le sanglier l'a renversé,
Trouant sa cuisse d'une blessure,
Et répandant le sang rouge de son corps.

Tu le gardes près de toi avec amour
Comme une proie plus belle que les autres

Malgré les appels d'Aphrodite,
Ta rivale des lieux qu'éclaire le soleil.

Mais redoute l'instant cruel
Où par les lois des Moires fatidiques,
Qui détruisent et qui suscitent
Selon un cycle régulier,

Grave, il ouvrira ses yeux clos
Tel l'aveugle dans ses ténèbres
Cherchant les portes de la Vie !

Oh, le bien-aimé qui veut fuir !
Par tes serments, par tes caresses,
Tes bras jetés autour de lui,
Retiens-le, si tu veux toutefois qu'il te reste
Le très doux que le Ciel et la Terre t'envient !

Un long silence ; puis, soudain, une voix lointaine, un appel féminin s'élève et meurt.

APHRODITE, *au loin*

Adonis, Adonis !

PERSÉPHONE, *à voix basse*

Ecoutez, on appelle.....

LE CHŒUR

C'est Aphrodite.....

PERSÉPHONE

Hélas !

APHRODITE, *au loin*

Adonis !

LE CHŒUR

Oui, c'est elle !

— *Un silence* —

PERSÉPHONE, *à voix basse*

Il dort ?

LE CHŒUR

Il dort...

PERSÉPHONE

Ah, puisse-t-il dormir toujours !

LE CHŒUR

Bientôt, c'est l'heure.....

UNE TRILOGIE

PERSÉPHONE

Ne réveillez pas, ne réveillez pas l'Amour
Avant que le jour ne l'effleure !.....

Une pause, puis de nouveau, voix extérieures, cette fois d'un chœur.

CHŒUR ALTERNÉ DES FILLES DE LA LUMIÈRE

STROPHE

Adonis, ami, que fais-tu ?
Voici le printemps, revêtu
De jeunesse, gorgé de sève,
Chaque fontaine a sa chanson,
Et vivaces, pour la moisson
Le trèfle pousse et le blé lève !

ANTISTROPHE

Il flotte dans l'air attiédi
Un parfum tenace et hardi
Riche en fécondité latente,
Les arbres fruitiers sont en fleurs
Et nuptiales, leurs couleurs
Chantent le Désir et l'Attente.

STROPHE

Viens, il est des gazons taillés
Ras pour la fuite de nos pieds,

Et d'autres plus doux et plus souples
Pour la lutte des jeunes corps
Et les étreintes sans remords
Où se divinisent les couples.

ANTISTROPHE

Et parmi les nymphes des bois
Reine et Déesse, et toutefois
Amante seule et douloureuse,
Aphrodite au visage clair
Dans le veuvage de sa chair
Pleure ta ferveur amoureuse.

STROPHE

Sans doute au sein de son ennui
Perséphone aux cheveux de Nuit
Garde ta jeunesse avec joie,
Et de ses membres acharnés
Retient tes membres enchaînés
Comme l'on ferait d'une proie

ANTISTROPHE

Mais combien plus forts ils seront
Les bras nus qui t'enlaceront
Pour la volupté coutumière,
Et les baisers combien plus doux
Dont tu jouiras parmi nous
Au sein de la douce lumière !

Le chant s'arrête — Un silence plane, lourd, prolongé — Perséphone et les filles de la Nuit contemplent Adonis avec angoisse.

PERSÉPHONE

Il dort ?

LE CHŒUR

Il dort.

PERSÉPHONE

Ah, puisse-t-il dormir toujours !

LE CHŒUR

Bientôt c'est l'heure.....

PERSÉPHONE

Ne réveillez pas, ne réveillez pas l'Amour
Avant que le jour ne l'effleure !

Une pause, puis au loin la même voix.

APHRODITE, *au loin*

Adonis, Adonis !

PERSÉPHONE

Ecoutez, on appelle.....

LE CHŒUR

C'est Aphrodite....

PERSÉPHONE

Hélas !

APHRODITE

Adonis !

LE CHŒUR

Oui, c'est elle !...

Un silence. Adonis s'agite, ouvre lentement les yeux, puis d'une voix de rêve :

ADONIS

Où suis-je ?...
Oh, j'ai dormi, j'ai longuement dormi !

Un bref silence. Perséphone hâtivement se penche sur le jeune homme.

UNE TRILOGIE

PERSÉPHONE

Ne le vois-tu pas, mon ami ?
Tu es près de celle qui t'aime
Et qui veillait sur ton sommeil ;
Tu vois, nous t'avons fait un riche diadème
Avec de douces calmes fleurs,
Des fleurs douces comme toi-même,
Et nous avons pour chasser le malheur
Bercé ton rêve aux chants que ton cœur aime !...

Un bref silence — Adonis la repousse doucement.

ADONIS

Non, laisse-moi, tes bras m'étouffent,
Laisse-moi respirer et voir,
Laisse-moi m'asseoir sur ma couche,
Laisse-moi m'asseoir sur ce lit !...

Une pause. Il s'assied et regarde autour de lui.

Où suis-je ? Oh, j'ai dormi, j'ai longuement dormi !
Mes sens sont assoupis dans la paix léthéenne,
Tout ce que j'évoque me fuit.....
Oh ! ne pouvoir que rien en mon âme revienne
De mes souvenirs abolis !

Un silence, et au lointain :

APHRODITE

Adonis, Adonis !

ADONIS

Ecoutez, on m'appelle !.....

LE CHŒUR

C'est Aphrodite.....

PERSÉPHONE

Hélas !

APHRODITE

Adonis !

LE CHŒUR

Oui, c'est elle !

Une pause et le chœur des voix extérieures reprend, lent et grave cette fois.

DEUXIÈME CHŒUR ALTERNÉ DES FILLES DE LA LUMIÈRE

STROPHE

O jeune homme, la Vie est douce, et la lumière doucement
Baigne d'amour et de clarté les êtres vivants et les choses,

UNE TRILOGIE

Elle court, joueuse caresse, insaisissable effleurement,
Aux flancs nus de la terre lasse et rit sur ses paupières closes.

ANTISTROPHE

Epouse virginale et tendre abandonnée au bien-aimé,
La Terre lentement s'émeut, son sein voluptueux tressaille,
En sa féminité profonde une vie obscure a germé
Qui s'épanouit lumineuse à la douceur des fiançailles.

STROPHE

Et surgie au frisson terrestre, énigme aux traits déjà connus,
La blanche et pure nudité d'Aphrodite Cythéréenne
Erre parmi l'herbe pâmée aux caresses de ses pieds nus,
Et sa chair garde le parfum de la vague thalasséenne !

ANTISTROPHE

Et voici tragique à ses pieds s'élever comme une clameur,
Gémissements, rauques appels, cris de la volupté charnelle,
L'immense et redoutable voix de l'Etre qui désire et meurt
Et trouve dans Cythéréa sa vie et la Vie éternelle.

STROPHE

Elle erre, amante douloureuse, et les deux bras tendus vers toi,
Adonis ! Adonis ! ainsi t'appellent sa peine et sa crainte,
Et ses lèvres, ses seins gonflés, ses larges yeux noyés d'émoi
Sont comme un holocauste offert à l'irréalisable étreinte!

ADONIS

ANTISTROPHE

O ne reste pas plus longtemps dans les bras glacés de la mort,
Quitte les bords du fleuve noir et Perséphone l'inféconde,
Viens vers la Lumière et la Joie et le bonheur cruel et fort
Que donne à ceux qu'elle a nourris la Vie à la gorge profonde!

— *Un silence* —

APHRODITE, *au loin*

Adonis ! Adonis !

ADONIS

Ecoutez, on m'appelle

LE CHŒUR

C'est Aphrodite !

PERSÉPHONE

Hélas !

APHRODITE

Adonis !

LE CHŒUR

Oui, c'est elle.

UNE TRILOGIE

Un silence — Puis brusquement Adonis se soulève et cherche à quitter le lit funèbre où Perséphone le retient.

ADONIS

On m'appelle vers la lumière, on m'appelle vers la clarté...
Laisse-moi respirer et voir, laisse-moi respirer, te dis-je,
Je veux aller vers qui m'appelle et me promet la volupté !

Il se dégage et réussit à descendre ; Perséphone, à genoux devant lui, étreint ses jarrets de ses bras nus.

PERSÉPHONE

Mon bien-aimé, ne t'en va pas ! Ainsi qu'une amante fidèle,
N'ai-je pas veillé près de toi ?
Qui t'a couronné de pavots, fleuri de lys et d'asphodèle,
Si ce n'est moi ?

Guettant de mes regards de nuit l'éveil de ta chair de lumière,
Sans lassitude, chaque jour,
J'attendais ce premier soupir et cette caresse première,
Qui devaient payer mon amour,

Parfois rieuse, et me penchant sur ta beauté silencieuse,
Je baisais ta nuque et tes yeux,

ADONIS

Je caressais ton clair visage, et lissais d'une main pieuse
La nuit calme de tes cheveux,

Parfois sentant fuir mon courage et doutant de la destinée,
Solitairement j'ai pleuré,
Etreignant ton corps immobile et ta chère tête inclinée
Contre mon cœur désespéré !

Bien-aimé dont les membres froids se réchauffaient sous ma caresse
Et mes larmes et mes baisers,
Oh, tu ne voudras pas me fuir, abandonnant à leur détresse
Mes longs espoirs inapaisés ?

Regarde, je suis grande et belle et sous mes vêtements nocturnes
De la nuque jusqu'aux genoux
Mon corps a la beauté sereine et la blancheur lisse des urnes,
Mes membres sont profonds et doux,

Ils s'étendront si tu le veux près de toi nus pour ce vertige,
Où les amants las de lutter,
Pendant que du temps qui les fuit s'efface pour eux tout vestige,
S'unissent dans la volupté,

Ils s'étendront, mais ne pars pas — Ainsi qu'une amante fidèle
N'ai-je pas veillé près de toi ?
Qui t'a couronné de pavots, fleuri de lys et d'asphodèle
Si ce n'est moi !

Immobilité, silence — Une clarté progressive, comme d'une aube, a lentement dissous la pénombre initiale.

APHRODITE, *d'une voix maintenant proche*

Adonis ! Adonis !

ADONIS

Ecoutez, on m'appelle !

LE CHŒUR

C'est Aphrodite !

PERSÉPHONE

Hélas !

APHRODITE

Adonis !

LE CHŒUR

Oui, c'est elle !

ADONIS. *Pendant qu'il parle, la clarté croît rapidement*

Ecoute, je le sens, une ardeur pathétique,
Une volonté dure, une ferveur mystique
M'animent — Laisse-moi ! —

ADONIS

Un redoutable émoi
Dont je ne suis plus maître
M'inonde, me pénètre —
Mon corps est tout désir,
Un étrange plaisir
M'enivre —
Laisse-moi, je veux vivre !

PERSÉPHONE

Adonis, oh tais-toi, par pitié !...

ADONIS

Je veux vivre !...

Un bref silence, puis tout près :

APHRODITE

Adonis ! Adonis !

ADONIS, *avec exaltation*

Ecoutez, on m'appelle !

LE CHŒUR

C'est Aphrodite !

PERSÉPHONE

Hélas !

APHRODITE

Adonis !

ADONIS

Oui, c'est elle !

Aube lumineuse et douceur. Aphrodite apparaît, ruisselante de clarté. Adonis se dégage et s'élance vers elle.

PERSÉPHONE, *dans une plainte*

Adonis, mon époux !

APHRODITE

Adonis !...

ADONIS

Aphrodite !...

LE CHŒUR

La déesse a franchi les portes interdites,
Il nous quitte à jamais, le jeune homme, Adonis !

APHRODITE

Voici, le pavot meurt et fleurissent les lys !

SCÈNE II

Au printemps, l'aube sous les bois.

La primevère, la nielle des blés, l'anémone rouge et la pervenche.

Au premier plan, parmi les fleurs foulées, Adonis aux bras d'Aphrodite.

Plus loin, sous les noueux lauriers mariant leurs feuillages sombres, la danse aux pieds légers des nymphes Oréades.

CHŒUR ALTERNÉ DES NYMPHES ORÉADES

Comme un enfant
Sur le sein bien-aimé
Il reposera le jeune homme,
Comme un enfant
Douloureux et calmé,
Il reposera le jeune homme !

UNE TRILOGIE

De fleurs des champs,
De douces calmes fleurs,
Nous lui tresserons des couronnes,
De fleurs des champs,
De juvéniles fleurs,
Nous lui tresserons des couronnes !

Sur sa chair nue
Aphrodite aux bras forts
Retiendra sa tête immobile,
Ses membres nus
Cerneront le doux corps
Du bel adolescent nubile ;

Ses doigts fervents,
Parmi les longs cheveux,
Le long des épaules musclées,
Le long des flancs,
Le long des bras nerveux,
Le long des hanches effilées,

Ses doigts rêveurs
Et lents chemineront
Le long des lignes nuptiales,
Ses doigts rêveurs
Effleureront le front
Et les épaules virginales !

ADONIS

Comme un enfant
Sur le sein bien-aimé
Il reposera, le jeune homme
Comme un enfant
Douloureux et calmé
Il reposera, le jeune homme !

Ici finit le chant des Nymphes Oréades.
Adonis s'éveille à demi.

APHRODITE

Ne bouge pas, demeure ainsi,
Tu vois, le jour se lève à peine,
Que de ton front s'éloigne tout souci,
Que de ton cœur s'éloigne toute peine.
Sommeille calme au berceau de mes bras
Serré contre ma gorge nue,
Et mes deux seins quand tu les frôleras
Viendront s'offrir aux lèvres reconnues.

Un silence.

ADONIS

La vie est douce, et doux l'éclat du jour,
Et l'aube pleine de tendresses,
La vie est douce et plus doux ton amour,
Et plus douces sont tes caresses,

UNE TRILOGIE

Un bonheur calme, un bonheur fort et doux,
Un bonheur fait de plénitude,
Emplit mon cœur et brise mes genoux
D'une admirable lassitude ;

Douceur de vivre et ces reflets mouvants,
Et cette défaillante aurore,
Et ton sein nu, calice, abri vivant,
Qu'une double gemme décore !

Douceur de vivre et ce printemps vainqueur,
Et ces fraîchissantes haleines,
Et ton baiser, tiède et bonne liqueur,
Et sa fluidité soudaine !

A ton doux corps s'enlacent mes deux bras
Comme sur leur plus chère proie,
Contre ton sein repose mon front las
Comme sur le lit de sa joie ;

Et toutefois dans mon cœur apaisé
Lentement s'éveille une crainte,
T'ai-je vraiment donné tous les baisers,
Meurtrie à toutes les étreintes ?

O ma très douce, hélas, notre plaisir
Ce sont les gouttes de l'orage,

ADONIS

Il nous échappe et nul ne peut saisir
    Son eau lumineuse au passage,

Il nous échappe et renaît pour mourir,
    Et renaît pour mourir encore,
L'amour n'a pas de gorge pour nourrir
    Le désir cruel qui l'implore ;

Hélas, amie ! Et près de toi pourtant
    Une paix sereine et féconde,
Un grand repos me pénètre et s'étend
    Comme une eau nocturne et profonde,

Il me pénètre et m'apaise et m'endort,
    Toute faiblesse abandonnée,
A ton épaule, au sein des cheveux d'or,
    Comme auprès d'une sœur aînée !

APHRODITE

Ne bouge pas, demeure ainsi,
Tu vois, le jour se lève à peine,
Que de ton front s'éloigne tout souci,
Que de ton cœur s'éloigne toute peine,
Sommeille calme au berceau de mes bras,
Serré contre ma gorge nue,
Et mes deux seins quand tu les frôleras
Viendront s'offrir aux lèvres reconnues !

UNE TRILOGIE

Silence — Immobilité — Puis brusquement, chœur au loin de voix d'hommes, rudes et fortes ; — et l'on voit apparaître des chasseurs.

CHŒUR DES CHASSEURS, *au loin*

Depuis l'aube,
Nous le pourchassons,
N'est-il pas venu, jeunes filles ?
Depuis l'aube,
Nous le pourchassons,
A travers ronces et buissons !

LES ORÉADES

Non, nous n'avons rien vu, ni cerf aux pieds rapides,
Ni loup, ni sanglier, ni taureau furieux,
Passez votre chemin, allez, cœurs intrépides,
Respectez le sommeil et le bonheur des dieux !

ADONIS, *à Aphrodite*

N'as-tu pas entendu ?

APHRODITE

Oui, ce sont des chasseurs
Armés du javelot, de l'arc, de la massue,
Ils vont dès que l'aurore en la tiède épaisseur

Des bois, sur le penchant des collines moussues
Frôle de son baiser les nymphes demi-nues,
Traquer la bête fauve en véhéments combats.

ADONIS

O divine, leur chant rude et brutal me trouble,
Leur chant me trouble étrangement.
Il résonne comme un appel,
Comme une volonté plus forte,
Un dur, un souverain vouloir.
Il éveille en mon cœur en sourdes consonnances,
En échos de lointains regrets,
Un besoin d'errer, de bondir, d'essayer mes forces nouvelles,
De glisser au creux des ravins, dans l'ombre vierge des forêts,
Parmi l'écroulement des lianes,
L'or accumulé des genêts !

APHRODITE

Laisse-les, quel plus grand bonheur
Et quelle volupté plus haute
Peux-tu rêver que le bonheur
De rester ainsi côte à côte ?
Cache ton front contre mon sein,
Ferme tes regards à la vie,
Que ne t'effleure aucune dessein,
Aucun désir, aucune envie !

UNE TRILOGIE

CHŒUR DES CHASSEURS. *Ils sont maintenant tout proches*

Depuis l'aube,
Nous le pourchassons,
N'est-il pas venu, jeunes filles ?
Depuis l'aube,
Nous le pourchassons,
A travers ronces et buissons !

LES ORÉADES

Non, nous n'avons rien vu, ni cerf aux pieds rapides,
Ni loup, ni sanglier, ni taureau furieux,
Passez votre chemin, allez, cœurs intrépides,
Respectez le sommeil et le bonheur des dieux !

Un silence — Les chasseurs s'éloignent, puis on entend leurs voix au loin.

LES CHASSEURS

Depuis l'aube,
Nous le pourchassons,
Au creux des torrents, sur les collines,
Depuis l'aube,
Nous le pourchassons,
A travers ronces et buissons !

ADONIS

ADONIS, *à Aphrodite*

Regarde, ils sont heureux !
Que ne puis-je faire comme eux !
M'armer d'un épieu, courir la plaine,
Epuiser les muscles de mon corps !
Et le soir quand je reviendrais,
Devant tes compagnes inclinées,
A tes pieds je déposerais
Le lourd butin de la journée !

APHRODITE

Laisse-les, quel plus grand bonheur
Et quelle volupté plus haute
Peux-tu rêver que le bonheur
De rester ainsi côte à côte ?
Cache ton front contre mon sein,
Ferme tes regards à la vie,
Que ne t'effleure aucun dessein,
Aucun désir, aucune envie !

LES CHASSEURS, *au loin*

Depuis l'aube,
Nous le pourchassons,
Au creux des torrents, sur les collines,

UNE TRILOGIE

Depuis l'aube,
Nous le pourchassons,
A travers ronces et buissons !

ADONIS

Ecoute leur appel lointain,
Ecoute le cri de leur force !

APHRODITE

Hélas, qui peut jamais échapper au destin !

Aphrodite, de son bras nu, attire vers elle le jeune homme, mais Adonis, soulevé sur les poignets, suit du regard les chasseurs disparus.
Très doucement alors, les Oréades :

LES ORÉADES

Comme un enfant
Sur le sein bien-aimé
Il reposera, le jeune homme,
Comme un enfant
Douloureux et calmé
Il reposera, le jeune homme !

SCÈNE III

Au plus profond de l'Hadès impénétrable, les Moires filent les destinées.

Dans l'ombre, à la clarté des torches, on devine leurs trois silhouettes, inclinées sur l'immense écheveau : Clotho tient la quenouille, Lachésis, le fuseau ; Atropos, les ciseaux à la main, surveille les fils qui se déroulent. Anxieuse, penchée sur elles, Perséphone suit leur travail. A quelque distance, le chœur.

PERSÉPHONE

Dites, mon amant, que fait-il ?

LES MOIRES

Laisse-nous retrouver le fil.

UNE TRILOGIE

PERSÉPHONE

Dites, mon amant, que fait-il ?

LES MOIRES

Laisse-nous retrouver le fil.

LACHÉSIS

Sans lassitude, de nos doigts agiles,
Nous filons les destinées des hommes ;
La plupart sont faites de lin blanc,
Quelques-unes de fil de pourpre
Ou même d'or — Mais plus souvent
Ce sont des fils déchiquetés,
Maculés de sang ou de boue,
Parfois des deux. — Puis un jour vient
Où brusquement se rompt la trame,
Et où l'homme revient vers toi.

— *Un silence* —

PERSÉPHONE

Dites, mon amant, que fait-il ?

LES MOIRES

Laisse-nous retrouver le fil.

ADONIS

PERSÉPHONE

Dites, mon amant, que fait-il ?

LES MOIRES

Laisse-nous retrouver le fil.

ATROPOS

O déesse, voici le fil de ton amant.
Il est d'or pur, mais bien fragile,
Il est pareil à un cheveu,
Un des cheveux d'or d'Aphrodite !

— *Un silence* —

PERSÉPHONE

Dites, mon amant, que fait-il ?

LES MOIRES

Laisse-nous dévider le fil.

PERSÉPHONE

Dites, mon amant, que fait-il ?

LES MOIRES

Laisse-nous dévider le fil.

UNE TRILOGIE

ATROPOS

Oui, je le vois — Il vit heureux au sein de la douce lumière,
Il repose sur l'herbe molle,
Assoupi.
Auprès de lui dort une jeune femme,
Aussi belle qu'une immortelle,
Presqu'aussi belle en vérité que toi,
Pareille à Cypris elle-même !
L'aube se lève, il s'éveille doucement,
Oui, il s'éveille et lentement se dresse,
La jeune femme dort toujours..... Il est debout !

Le fil s'embrouille — Les sœurs le cherchent, puis le retrouvent.

CLOTHO

Ah, le voici !
Il vole, il court, il bondit sur la pente des montagnes,
Semblable aux chèvres des glaciers,
Aux jeunes chamois aux pieds agiles ;
Des hommes sont là qui le suivent,
Il porte une pique, un javelot.

LACHÉSIS

Oui, ce sont des chasseurs,

ADONIS

Ils cherchent la bête sauvage,
L'énorme, le farouche sanglier.

— Un silence, le fil se dévide.

CLOTHO

Ils l'ont trouvé !...
Sous les chênes nains, parmi les ronces
Le voici soudain qui détale
Dans le froissement du fourré !
Il s'élance, l'œil ensanglanté,
Terrible, les défenses menaçantes,
Il va se ruer sur les chasseurs !

— Un silence, le fil se dévide.

ATROPOS

Ton amant est brave ! Sans crainte
La pique en main, il attend le choc terrible,
Il s'arcboute de ses muscles puissants.
Effroi ! Les deux forces sont en lutte,
La bête formidable fonce sur lui !.....
Ah ! Il la reçoit de la pique,
Profondément, il la blesse au garrot,
Son fer aigu la maintient pantelante,
La bête est vaincue, elle va mourir !.....

UNE TRILOGIE

— Un silence, le fil se dévide.

LACHÉSIS

Oh, oh ! Le bois était trop frêle !
Il plie sous la ruée du monstre,
La puissance des deux lutteurs.....
Il plie, il va se rompre !... Oh, oh, un craquement !
Le sanglier se rue sur le jeune homme,
Il le frappe de la défense lourdement,
Il le frappe de la défense au creux de l'aîne !

— Un bref silence —

ATROPOS

Le sang jaillit, le sang rouge coule à flots,
Le fil d'or est taché de pourpre !
Il s'amincit, il s'amincit rapidement !.....
Le jeune homme est couché dans l'herbe,
Pâle comme un qui va mourir,
Les autres sont autour de lui, ils le soutiennent...
— Le fil d'or s'amincit toujours !... —
Il respire faiblement, ah, il soupire !...
Un grand soupir, un long soupir, comme on expire !.....
Un long soupir, un bref soupir encor !..........

— *Un court silence* —

Le fil est rompu, le jeune homme est mort !

— *Elle se redresse* —

LES MOIRES

Le fil est rompu, le jeune homme est mort !

— *Elles se redressent.*

PERSÉPHONE. *Elle s'avance vers elles, les mains ouvertes, le visage égaré, pleine d'une joie tragique*

Il est mort ! Oh, répétez-le, bonnes déesses !

LES MOIRES

Le fil est rompu, le jeune homme est mort !

Pour mieux savourer son bonheur, Perséphone de ses deux mains, voile son visage. Le chœur psalmodie doucement :

LE CHŒUR DES FILLES DE LA NUIT

Telle, divine, entre les fleurs,
Qu'un divin faucheur a fauchées
Dans un parterre aux profondes senteurs,
Repose une vierge couchée,

UNE TRILOGIE

Tel, épars, un bouquet de lys,
Forme pure, image divine
De l'adolescence masculine,
Il dort, le jeune homme, Adonis !

Le sommeil nocturne a clos ses yeux
Et la rose pâle de sa bouche,
Avec un rire silencieux
Il s'est approché de sa couche,
Il a baisé le front pâli,
Il a baisé la bouche offerte,
Et la tête retombe inerte,
Et les bras gisent sur le lit !

SCÈNE IV

Un soir d'automne —

Déjà l'ombre crépusculaire et le vent du soir dans les arbres — Sur un grossier brancard fait de branchages, le corps inerte d'Adonis.

Près de lui, à genoux, penchée sur son visage, Aphrodite, les cheveux épars.

Le Chœur des Oréades et le Chœur des Chasseurs.

CHŒUR DES CHASSEURS

Hélas, hélas, Cythéréa, il est mort le bel Adonis !

LES ORÉADES

Hélas, hélas, Cythéréa !

— Un silence —

LES ORÉADES

Hélas, hélas, Cythéréa, il est mort le bel Adonis !

LES CHASSEURS

Hélas, hélas, Cythéréa !

Un silence encore.

LES CHASSEURS

Hélas, hélas, Cythéréa, renversé par le sanglier sauvage,
Il a perdu le sang rouge de son corps.
Le sang pourpre a jailli de la cuisse neigeuse
Comme d'une fontaine ouverte brusquement,
Absorbé par le sol avide,
Par les jeunes pousses de sapin,
Empourprant les hautes fougères
Et les touffes de romarin !

LES ORÉADES

Hélas, hélas, Cythéréa !

— Un temps —

ADONIS

LES ORÉADES

Hélas, hélas, Cythéréa, ne dors plus sur des lits de pourpre,
Debout, malheureuse, debout, il est mort, le bel Adonis !
Oh, regarde ses yeux s'éteignent,
Et la tiédeur de son haleine,
Et la douceur de son baiser !
Hélas sa lèvre est toujours douce,
Mais elle ne sent plus ton souffle
Ni ta lèvre chère l'approcher !

LES CHASSEURS

Hélas, hélas, Cythéréa !

— *Un temps* —

LES CHASSEURS

Hélas, hélas, Cythéréa, jamais plus dans la nuit complice
Il ne dénouera ta ceinture et n'approchera de ton corps,
Jamais plus son sein calme et fort, jamais plus sa chair ferme et lisse
Ne meurtriront ta gorge lisse à l'étreinte de son bras fort ;
Hélas, pleurent tous les Eros,
Et Hyménéos jette sa torche
Et voile sa nubilité,
Hélas, hélas, Cythéréa, qui couvrira ta nudité ?

UNE TRILOGIE

LES ORÉADES

Hélas, hélas, Cythéréa !

— *Un temps* —

LES ORÉADES

Hélas, hélas, Cythéréa, couche-le sur l'herbe foulée,
Pour que doucement il repose comme il reposait près de toi,
Couvre-le de baumes odorants,
De fleurs nouvellement coupées,
Couvre-le de fleurs et de parfums comme pour dormir avec toi,
Hélas, tous les parfums sont morts,
Toutes les fleurs sont desséchées !
Hélas, hélas, Cythéréa, qui couvrira ta nudité ?

LES CHASSEURS

Hélas, hélas, Cythéréa !

— *Un silence* —

APHRODITE

Adonis, malheureux ami, donne-moi, donne-moi ta bouche
Que je retrouve ton baiser,
Soulève ta tête pesante et donne-moi ces lèvres douces
Où mon désir s'est apaisé,

ADONIS

Viens, que ton périssable souffle aille de ton âme en mon âme,
Et de ta bouche dans mon cœur,
Viens que ton souffle périssable emplisse ma bouche et mon âme,
Emplisse ma bouche et mon cœur !

LES ORÉADES

Hélas, hélas, Cythéréa !

— *Pause* —

APHRODITE

Adonis, malheureux ami, tes lèvres, tes lèvres sont froides,
Mon baiser, tu ne le sens pas,
Ta lèvre est douce, ami, mais froide, et ta bouche n'a plus d'haleine,
Ton souffle, je ne le sens pas ;
Tu vas vers l'Achéron sinistre et les demeures infernales,
Où tout est triste, où tout est noir,
Tu vas vers l'Achéron funeste et les demeures infernales,
Où tout est triste et sans espoir !

LES ORÉADES

Hélas, hélas, Cythéréa !

— *Pause.*

APHRODITE

Perséphone, reçois mon époux ! ah certes, ta puissance est grande,
Tout ce qui est beau descend vers toi !
Tout ce qui est beau descend vers toi et vers ton lit sans espérance,
Vers ta couche pleine d'effroi,
Mon cœur, mon cœur est déchiré par une inépuisable peine,
Hélas, et je ne puis mourir !
Hélas, hélas, Moire cruelle, oh pourquoi la douleur humaine
Aux dieux qui ne peuvent mourir !

LES ORÉADES

Hélas, hélas, Cythéréa !

— Un silence — Aphrodite, toujours à genoux, penchée sur Adonis, retient sa tête — Le double chœur un instant la contemple, puis doucement :

LES ORÉADES

Dans les forêts,
Sur la pente fleurie des collines,
Près du torrent multisonore, des rivières aux calmes eaux,
Partout où nous errions joyeuses,
Amassant des fleurs pour sa tête,
Un vent de mort glace la terre et la source même de la vie.
Dans les arbres

ADONIS

Les feuilles jaunissantes
Lentement tombent une à une
Dans un glissement sec et doux,
Et le vent passe et se lamente :
Il est mort, le bel Adonis !

— Pause —

LES CHASSEURS

Heureux celui qui meurt
Dans la fleur puissante de son âge,
Lorsque son corps est noble et fort,
Que ses yeux regardent en face,
Et que son cœur est plein d'espoir !
Celui-là, les dieux l'ont aimé,
Ils ont béni le ventre de sa mère,
Et les Moires au cœur implacable
Se sont montrées bonnes pour lui !

— Pause —

LES ORÉADES

Le torrent,
Qui coulait doucement,
Et qui reflétait son visage,
Enfle son onde mugissante et va maintenant clamant ta peine :
Qui dénouera ta ceinture, Aphrodite ?

UNE TRILOGIE

Qui dénouera ta ceinture, ô Cypris ?
« Te voilà seule Cythéréa ! »
Pleure le Rossignol sur le haut chêne,
Et la voix se glace dans sa gorge,
Et avec elle meurt le doux chant ;
Et le cœur des hommes mortels
Aux ailes de la mort cupide
Brusquement se serre d'effroi,
Et ils se regardent et disent :
Pourquoi notre âme est-elle triste ?
Et quel est le dieu qui est mort ?

— *Pause* —

LES CHASSEURS

Pareil au faon impétueux
Qui d'un bond franchit les abîmes,
Pareil au fauve sanglier
Qui se voit cerné par les chasseurs,
Pareil au tigre ensanglanté
Que guettent les archers Numides,
Pareil à tout ce qui est beau, tu t'es rué vers le destin ;
Maintenant voilà, tu gis sans force, et tes membres restent inertes,
Tout le sang pur s'est écoulé qui nourrissait le noble corps,
Mais tu gardes devant la mort la splendeur calme de ton geste,
Et ton visage est sans effroi pour aborder le fleuve noir !

ADONIS

— Pause —

LES ORÉADES

Pareil au divin Hélios, entraîné par le char solaire,
Pareil à un beau jour d'automne et ses grappes lourdes de raisin,
Pareil à une aube d'avril suivie d'un brutal crépuscule,
Il s'est enfui dans la nuit seule et nul ne l'en rappellera,
En vain de tes gémissements,
En vain de tes mains acharnées,
Tu voudrais, ô Cythéréa, ranimer celui qui n'est plus,
En vain de tes cheveux épars tu baignes les formes aimées,
Jamais plus, ô Cythéréa, il ne sourira jamais plus !

— Pause —

LES CHASSEURS

Ne pleure pas, Cythéréa, il est des chants après les larmes,
Au ciel nu palpite une étoile
Et dans le silence un espoir,
Ne pleure plus, Cythéréa, tout fleuve trouve sa montagne,
Toute nuit sa tremblante aurore,
Et toute mort son doux revoir ;
Bientôt dans l'ombre filtrera le rai premier de l'aube neuve,
Il viendra frapper les yeux clos jusqu'aux rives de l'Achéron,
Et regarde, le corps frémit, les yeux s'ouvrent, les bras s'émeuvent,
Elle rougit, la lèvre douce, il se soulève, le beau front !

— Un silence — Un des chasseurs s'avance vers Aphrodite toujours agenouillée, et la main posée à son épaule :

UN CHASSEUR

ÉPODE

Ne pleure plus, Cythéréa, laisse-nous remplir notre tâche,
Laisse-nous porter au tombeau le corps de celui qui n'est plus,
Afin que paisible il repose auprès des rives infernales
Sous le regard de Perséphone et l'étreinte de ses bras nus.

— Un silence — Aphrodite se relève, et les chasseurs, d'un geste net, chargent le brancard sur leurs épaules. Puis ils s'en vont, portant le demi-dieu — Aphrodite suit en silence. Derrière elle marchent les nymphes au sein de leurs voiles épars.

LES ORÉADES (PREMIER DEMI-CHŒUR)

Hélas, hélas, Cythéréa !

LES ORÉADES (DEUXIÈME DEMI-CHŒUR)

Hélas, hélas, Cythéréa !

SCÈNE V

COMME à la scène première, Adonis sur un catafalque. Auprès de lui, groupées, Perséphone et les filles de la Nuit.

PERSÉPHONE

Il dort ?

LE CHŒUR

Il dort.....

PERSÉPHONE

Ah puisse-t-il dormir toujours !

LE CHŒUR

Lointaine est l'heure.....

UNE TRILOGIE

PERSÉPHONE

Ne réveillez pas, ne réveillez pas l'Amour
Avant que le jour ne l'effleure !

— *Un silence* —

LE CHŒUR

Il dort ?

PERSÉPHONE

Il dort.....

LE CHŒUR

Ah, puisse-t-il dormir toujours !

PERSÉPHONE

Lointaine est l'heure.....

LE CHŒUR

Ne réveillez pas, ne réveillez pas l'Amour
Avant que le jour ne l'effleure !

— *Un silence plus court* —

ADONIS

DERNIER CHŒUR ALTERNÉ DES FILLES DE LA NUIT

STROPHE

Comme la grève aime la mer
Chanteuse et sa voix surhumaine,
Comme l'Automne *veut* l'Hiver
Qui le roi Printemps nous ramène,
Comme, au choc sonore des faux,
De pressentir une semence
Nouvelle et des jours triomphaux
Se réjouit la plaine immense,
Ainsi la Vie aime la Mort
Pour que ressuscite la Vie,
Et l'une en l'autre est assouvie
Et l'autre lui rend son essor.

ANTISTROPHE

O Vie, à ton mystique appel,
Tout frémit dans la nuit moins dense,
Où ne paraissait qu'ombre et gel
Un cœur vivant bat sa cadence,
Comme on voit un serpent lové
Dans un enroulement perfide
D'une détente soulever
Sa tête plate au dard bifide,

UNE TRILOGIE

Telle, cruelle, et sans effroi,
Tu jaillis, forte entre les fortes
Et l'Hadès aux funèbres portes,
Ne prévaudra pas contre toi.

STROPHE

Ainsi de la Vie à la Mort,
Et puis de la Mort à la Vie,
Sans que jamais leur main dévie
Et se rompe la chaîne d'or,
Les Vierges aux doubles fuseaux
Surveillent la trame funeste,
Et sur l'ordre de leurs ciseaux,
Attentif à leur moindre geste,
Le vierge, l'immortel Eros,
Pour créer des formes nouvelles
Détruit de ses mains ciiminelles
Ce qui fut Chair, ce qui fut Os.

ANTISTROPHE

En vain de nos bras acharnés,
De nos mains berceuses de fièvres,
Du Lethé profond de nos lèvres
Et de nos seins abandonnés,
En vain, plaintives, de nos chants

ADONIS

Où s'attarde, tel en un rêve
L'or agonique des couchants,
Un long vouloir d'amour sans trêve,
Dans la nuit froide du tombeau,
Au rythme de nos danses calmes,
Prêtresses porteuses de palmes,
Nous retenons ce qui est beau,

STROPHE

Un jour vient où ton aube luit,
Un jour où ton appel résonne,
Où dans la nuit qui l'emprisonne,
Mystérieuse, jusqu'à Lui,
Malgré nos plaintes, nos sanglots,
Filtre la paix de ta lumière !
Hélas, ils meurent, les pavots !
Il rit à la splendeur première,
Il tend les bras vers ta beauté,
L'amant de notre plénitude !
Vainement, dans la solitude,
Nous pleurons le lit déserté !

ANTISTROPHE

Mais courage, il nous reviendra,
L'espoir de nos amours nocturnes,

L'appel de nos cœurs taciturnes
Lentement le ramènera.
Celui que nous avons aimé,
Nous soutiendrons ses bras inertes
Et son doux corps inanimé,
Nous couvrirons de palmes vertes
Le ventre pur, les seins menus,
Nous le fleurirons d'anémone,
Et les bras nus de Perséphone
Enlaceront ses membres nus !

— Un silence. Déjà dans la nuit moins totale on croit percevoir une clarté. Alors Perséphone doucement :

PERSÉPHONE

Il dort ?

LE CHŒUR

Il dort.....

PERSÉPHONE

Ah, puisse-t-il dormir toujours !

ADONIS

LE CHŒUR

Lointaine est l'heure.....

PERSÉPHONE

Ne réveillez, ne réveillez pas l'Amour
Avant que le jour ne l'effleure !

PARIS, 2 Janvier 1920.

SILÈNE

SILÈNE

LES montagnes de la Thrace, une après-midi de printemps.

Sous un hêtre au large tronc noueux Silène dort, étalé sur le dos, les genoux demi-pliés.

Sa tête, brune, hirsute, frisée, s'orne d'une barbe courte et forte.

Ses jambes noires et velues se terminent par des pieds de bouc.

Son gros ventre oscille régulièrement.

Il est vêtu d'un assemblage de peaux de chèvre formant tunique et laissant nus l'épaule, le bras droit, le côté droit de la poitrine.

Auprès de lui, une outre demi-pleine. A une branche, suspendus, une gourde de peau de bouc et un manteau d'étoffe grossière.

Au début, on voit une Nymphe penchée sur lui et qui le considère avec étonnement.

UNE TRILOGIE

D'autres Nymphes arrivent alors rapidement et se groupent de part et d'autre.

LA PREMIÈRE NYMPHE

Vite ! Venez voir vite !

LES AUTRES, *arrivant successivement*

Un faune !... Un Œgipan !...

UNE D'ELLES

Attendez... ce manteau, cette gourde qui pend,
Ce ventre, ce nez rouge et ces cheveux de laine,
C'est Silène !.....

LES AUTRES *à mi-voix et se pressant avec une curiosité joyeuse*

Silène !... Oh ! Silène !... Silène !

Les nymphes se groupent de part et d'autre.
Le chœur alterné commence.

PREMIER DEMI-CHŒUR

Pied fourchu,
Double pied fourchu,

SILÈNE

Que fais-tu donc là solitaire ?
Pied fourchu,
Double pied fourchu,
Que fais-tu là couché par terre ?

DEUXIÈME DEMI-CHŒUR

Pied fourchu,
Double pied fourchu,
Ton gros ventre gonfle et dégonfle,
Pied fourchu,
Double pied fourchu,
Tu n'es pas très beau quand tu ronfles !

PREMIER DEMI-CHŒUR

Pied fourchu,
Double pied fourchu,
Fais jouer tes membres énormes,
Pied fourchu,
Double pied fourchu,
Viens, il n'est plus temps que tu dormes !

DEUXIÈME DEMI-CHŒUR

Pied fourchu,
Double pied fourchu,
L'air est léger, le ciel limpide,

Pied fourchu,
Double pied fourchu,
Viens courir sur l'herbe rapide !

Une courte pause — Silène ronfle — Le premier demi-chœur reprend alors sur un ton de menace plaisante :

PREMIER DEMI-CHŒUR

Pied fourchu,
Double pied fourchu,
Nous fabriquerons des badines,
Pied fourchu,
Double pied fourchu,
Pour te chatouiller les narines !

DEUXIÈME DEMI-CHŒUR

Pied fourchu,
Double pied fourchu,
Nous te verserons de l'eau fraîche,
Pied fourchu,
Double pied fourchu,
Sur ton nez rouge et ta peau rèche !

Brusquement, d'un seul bond, Silène surgit et s'élance — Les nymphes s'éparpillent avec un grand cri. Silène les poursuit mais trop tard — Il revient au bout d'un instant, essoufflé, furieux et ridicule.

SILÈNE

SILÈNE

Trop tard ! Toujours trop tard !... Leurs pieds sont plus agiles,
Plus légers que les miens, et leurs membres fragiles
N'ont pas à supporter le poids de mon corps lourd !
J'ai beau dissimuler, guetter, faire le sourd
Et l'aveugle, dormir ou tout au moins le feindre,
Me cacher ; rien n'y fait ! Quand je crois les étreindre,
Qu'il me semble en tenir une et que je la sens
Palpitante, livrée à mes bras frémissants,
Un cri d'alarme, un bond, une course éperdue,
La fuite du corps souple et de l'épaule nue,
Les détours, la poursuite où je m'essouffle en vain,
La chute contre un arbre ou dans quelque ravin,
Et c'est tout !... Quelquefois, ma main cupide frôle
La chair ferme, odorante, et lisse de l'épaule,
Ou le dos qui se cambre, ou le torse mouvant,
Ou bien la chevelure éparse au gré du vent ;
Ma narine se gonfle au parfum lourd qu'exhale
La gorge où je voudrais plonger ma main brutale,
J'atteins enfin dans la chevelure qui luit
Une touffe d'or fauve, ou d'or pâle, ou de nuit...
Mais avec un grand cri, la vierge fugitive
S'arrache aux doigts crispés qui la tiennent captive
Ne leur abandonnant que des cheveux brisés,
Imprégnés de l'odeur dont mes sens sont grisés !

UNE TRILOGIE

Une courte pause.

Souvent, lorsque je chante, ou qu'assis sous un hêtre
Sur la syrinx lascive ou la flûte champêtre
Je joue un air de danse ou d'amoureux espoir,
L'une d'entre elles vient auprès de moi s'asseoir.
Elle écoute pensive et la tête inclinée,
Je vois la nuque frêle, et l'inimaginée
Merveille de la gorge, où, beaux fruits défendus
Pointe la volupté des jeunes seins tendus
Oscillant doucement au rythme de la vie.
Elle écoute attentive, et pensive, et ravie,
Le même doux émoi gonfle amoureusement
La poitrine fragile et le ventre charmant,
Elle lève sur moi de grands yeux pleins de larmes,
Et lorsque je la crois pleinement sous le charme,
Et que je veux sceller sa bouche d'un baiser
Elle rit, puis laissant mon cœur inapaisé,
Fuit retrouver sous bois ses cruelles amies.....
Si je surprends jamais l'une ou l'autre endormie,
Je la viole ! Et alors, oh quelle volupté
De maîtriser les bras trop faibles pour lutter,
De dompter le corps frêle et les membres sans force,
De fondre sa chair lisse à ma rugueuse écorce,
D'étouffer son angoisse et de boire ses pleurs,
De la faire crier de joie et de douleur,

SILÈNE

Râler, gémir !... Hélas, tout cela n'est qu'un rêve
Qui chaque jour commence et jamais ne s'achève !...
Allons, Silène, dors ! Et que vienne l'oubli
Du funeste désir dont ton cœur est empli !

Il s'étend de nouveau, et cherche à s'endormir, — Une à une, les Nymphes réapparaissent, hésitantes et distantes tout d'abord, puis, rassurées en le voyant étendu, elles s'approchent.

PREMIER DEMI-CHŒUR

Pied fourchu, double pied fourchu !

SILÈNE

C'est encore vous ? Laissez-moi !

DEUXIÈME DEMI-CHŒUR

Pied fourchu, double pied fourchu !...

SILÈNE

Laissez-moi reposer tranquille !

PREMIER DEMI-CHŒUR

Pied fourchu, double pied fourchu !...

SILÈNE

Tous vos appels me laissent froid !

DEUXIÈME DEMI-CHŒUR

Pied fourchu, double pied fourchu !...

SILÈNE

Vos sourires sont inutiles !

PREMIER DEMI-CHŒUR

Pied fourchu,
Double pied fourchu,
On dit que tu sais des mystères
Que nul autre que toi ne sait,
Et que ton chant est si parfait
Que pour mieux écouter ta plainte solitaire
Le nuage s'arrête et la forêt se tait !

SILÈNE

Ce que je sais ne regarde personne !
Ce que je dis ne regarde que moi !

DEUXIÈME DEMI-CHŒUR

Pied fourchu,
Double pied fourchu,
Nous voudrions tellement t'entendre !
Vois, nous revenons près de toi

Sans plus songer à nous défendre ;
Et puis nous chanterons pour toi,
(Car nous savons aussi le faire),
Ou nous danserons devant toi
Si tu préfères !

SILÈNE

Des danses, des chansons, médiocres voluptés !
Vraiment, est-ce là tout ce que vous promettez ?

PREMIER DEMI-CHŒUR

Sans doute, si ton chant va jusqu'à notre cœur
Une parmi les plus gentilles
Voudra-t-elle baiser les lèvres du chanteur,
Les aèdes sont chers au cœur des jeunes filles,
Et dans Eros, le dieu vainqueur,
Un chant harmonieux, plus souvent qu'on ne pense
Trouve sa douce récompense !

SILÈNE, *au deuxième demi-chœur*

Est-ce promis ?

LE DEUXIÈME DEMI-CHŒUR

Oui, c'est promis.

SILÈNE

Promis, tenu ?...

DEUXIÈME DEMI-CHŒUR

Tenu, promis !...

SILÈNE

Bien, je chanterai donc, mais il faut en cadence
Accompagner ma voix du rythme de vos danses.

Un silence. — Silène pensif réfléchit, assis au milieu du groupe. — Les Nymphes attentives, placées de part et d'autre, se tiennent par la main. — Enfin Silène lève le bras pour annoncer qu'il va chanter.

CHANT DE SILÈNE ET DANSE GRECQUE

SILÈNE

Dans le principe, était Gaïa, la mère douce aux larges flancs,
Et le vaste Ouranos étoilé, amant de la terre nourricière,
Et chaque soir quand Himéra faisait place à Nyx la ténébreuse
Et que le Chaos s'endormait d'un immense, d'un lourd sommeil,
A se sentir dans le silence et l'attendrissement nocturne
Un obscur, un profond désir alanguissait les vastes dieux
Au mystérieux souvenir de leur unité primitive !

SILÈNE

LE CHŒUR

Un obscur, un profond désir alanguissait les vastes dieux
Au mystérieux souvenir de leur unité primitive !

SILÈNE

Ouranos progressivement s'étendait sur la terre douce,
L'enlaçait de ses membres lourds, appuyait sa bouche à sa bouche,
Unissait sa chair à sa chair comme un amant robuste et fort,
Et le Chaos retentissait des gémissements de la Terre,
Et le Chaos retentissait du râle profond du Ciel noir !

LE CHŒUR

Et le Chaos retentissait des gémissements de la Terre,
Et le Chaos retentissait du râle profond du Ciel noir !

SILÈNE

Et chaque année, aux mois d'automne, ainsi qu'une amante fidèle,
Comme une épouse bien-aimée en qui l'on ne sème pas en vain,
Du ventre fécond de Gaïa, et de ses entrailles maternelles
Naissait une divinité !

LE CHŒUR

Du ventre fécond de Gaïa et de ses entrailles maternelles
Naissait une divinité !

UNE TRILOGIE

SILÈNE

Et naquirent les dieux Titans, au nombre de six, redoutables :
Koïos, Kreïos, Okéanos aux tourbillons impétueux,
Hypérion, Iapetos, père du subtil Prométhée,
Et le dernier venu Kronos, avec qui naquit la durée,
Et qui devait dompter son père vigoureux !

LE CHŒUR

Et le dernier venu Kronos, avec qui naquit la durée,
Et qui devait dompter son père vigoureux !

SILÈNE

Puis les déesses aux beaux pieds, les vierges aux belles ceintures,
Théia, Rhéia, Mnémosynè, la profonde et calme Thétis,
Et les Cyclopes au cœur dur, au front bombé, à l'œil unique,
Qui forgèrent l'acier qui tranche et la foudre, arme du roi Zeus,
Et les effroyables géants aux cent bras, aux cinquante têtes,
Kottos, Briarée et Gygès, que haït leur père Ouranos,
Jaloux de leur force terrible, et qu'il enferma sous la terre,
Les privant à jamais de la douce lumière,
Et contraignant leur force à de rudes travaux !

LE CHŒUR

Les privant à jamais de la douce lumière,
Et contraignant leur force à de rudes travaux !

SILÈNE

Certes, ce n'est jamais en vain qu'une injustice fut commise,
Ainsi le veut la Moire auguste, fille de la profonde Nyx.
Gaïa dans son cœur maternel ressentit la cruelle injure,
Elle s'attendrit sur ses fils privés des caresses du jour,
Elle médita dans son cœur, et son cœur conçut un grand crime,
Car le crime appelle le crime, ainsi le veulent les destins !

LE CHŒUR

Elle médita dans son cœur, et son cœur conçut un grand crime,
Car le crime appelle le crime, ainsi le veulent les destins !

SILÈNE

Gaïa réunit les Titans, demandant vengeance et justice,
Elle leur peignit sa douleur et la cruauté de l'Epoux,
Leurs frères plongés dans l'abîme, au sein des ténèbres glacées
Privés de la douce lumière, et courbés sous de lourds fardeaux.
Gaïa réunit les Titans demandant vengeance et justice,
Mais aucun des six ne voulut, sauf le dur et subtil Kronos !

LE CHŒUR

Gaïa réunit les Titans demandant vengeance et justice,
Mais aucun des six ne voulut, sauf le dur et subtil Kronos !

UNE TRILOGIE

SILÈNE

Kronos s'empare de la faux que les Cyclopes ont forgée,
En arme son bras vigoureux...... Mais ce qu'il advint par la suite
Peut-être par respect pour les dieux immortels
Vaudrait-il encor mieux le taire !...

LE CHŒUR

Non, Silène,
Parle, parle toujours !

SILÈNE

Ecoutez donc alors,
Et que celui qui sait réfléchisse et comprenne !

Une pause. Silène change de ton et, de l'air dont on propose une énigme :

Quand Gaïa s'offrit pantelante,
Au baiser du vaste Ouranos,
L'étreinte fut profonde et lente
Dont il emprisonna ses os.

Mais dans l'attitude anhélante
Où l'avait induit son Eros
Le guettait la faux mutilante
Du subtil et divin Kronos.

SILÈNE

Un cri, l'organe tombe inerte,
Et dans la mer immense et verte
Le projette le dieu subtil,

Et de l'écume que sur l'onde
Essaima le membre viril
Naquit Cythéréa la blonde !

LE CHŒUR

Un cri, l'organe tombe inerte,
Et dans la mer immense et verte
Le projette le dieu subtil,

Et de l'écume que sur l'onde
Essaima le membre viril
Naquit Cythéréa la blonde !

SILÈNE

Ainsi naquit Cythéréa, l'éternelle Aphrodite d'or,
Fille du désir d'Ouranos et de l'écroulement des vagues,
Elle allait, errant sur les flots, ses blancs membres nus dispersés,
Caressée au baiser mouvant de la mer profonde et sonore,
Puis elle aborda dans Cypros, l'île dont elle porte le nom.
Elle marchait sur le sol nu, la Vierge à la belle chevelure,
Et l'herbe naissante et les fleurs s'élevaient sous ses pieds charmants !

UNE TRILOGIE

LE CHŒUR

Elle marchait sur le sol nu, la Vierge à la belle chevelure,
Et l'herbe naissante et les fleurs s'élevaient sous ses pieds charmant

SILÈNE

Et de l'écume des flots bleus qui portèrent son jeune corps,
Des sources où s'était mirée la blancheur lisse de ses formes,
Des rayons du soleil levant qui se joua dans ses cheveux,
Des branches que ses douces mains avaient écartées au passage,
Et des petites fleurs des champs que ses pieds nus avaient foulées,
Naquirent les filles de la mer, les Sirènes aux cheveux d'or,
Habiles dans l'art des chansons et les paroles tentatrices,
Les Nymphes, les Sylves, les Dryades, les esprits femelles vêtus d'ai
Qui flottent dans l'éther fluide, ou cheminent parmi les hommes.

LE CHŒUR

Les Nymphes, les Sylves, les Dryades, les esprits femelles vêtus d'ai
Qui flottent dans l'éther fluide, ou cheminent parmi les hommes.

SILÈNE

Et comme Cypris aux bras nus dont le corps les avait frôlées,
Comme Ouranos au vaste sein gonflé d'étoiles innombrables,
Comme la nuit, comme le vent, comme la brise aux soirs d'été,
Elles portent dans leur chair vierge, ainsi qu'un mal inévitable,
Le désir céleste d'Ouranos et son éternelle volupté !

LE CHŒUR

Elles portent dans leur chair vierge, ainsi qu'un mal inévitable,
Le désir céleste d'Ouranos et son éternelle volupté !

SILÈNE

Et Gaïa, veuve de l'époux, pleine d'une cruelle angoisse,
Engendra, sans s'être unie d'amour, des enfants lourds et vigoureux,
Ce furent les faunes, les Sylvains, moi-même le pauvre Silène,
Enfin les hommes au cœur dur, amis du fer et des combats !

LE CHŒUR

Enfin les hommes au cœur dur, amis du fer et des combats !

SILÈNE

Et tous sont pleins d'un lourd désir, le désir secret de leur mère,
Celui de retrouver l'époux, qui plus jamais ne reviendra,
Et les hommes s'en vont pensifs, le cœur plein de détresse obscure,
Et Silène attend le retour de Dionysos le triennal,
Et les faunes et les Sylvains guettent dans les forêts profondes
Les filles de Cythéréa, les nymphes aux pieds trop légers,
Filles du céleste Ouranos comme ils sont les fils de la terre !

LE CHŒUR

Et les faunes et les Sylvains guettent dans les forêts profondes

UNE TRILOGIE

Les filles de Cythéréa, les nymphes aux pieds trop légers,
Filles du céleste Ouranos comme ils sont les fils de la terre !

SILÈNE

Et l'Eros, immense, éternel, qui naquit du Chaos sans bornes
Dès que le changeant Protogonos se fut une première fois scindé
Fait battre leur cœur solitaire, alanguit leur chair et leurs membres
De l'inapaisable désir de la primitive Unité !

LE CHŒUR

Fait battre leur cœur solitaire, alanguit leur chair et leurs membres,
De l'inapaisable désir de la primitive Unité !

— Un silence. Silène demeure muet comme absorbé dans ses pensées. Les Nymphes se taisent aussi, visiblement émues, puis l'une d'elles commence.

UNE NYMPHE

Pied fourchu,
Double pied fourchu,
Tu sais de bien belles histoires,
De belles histoires vraiment !
Mais nous en connaissons aussi, tu peux nous croire,
Et nous savons leur dénouement,
Que tu n'as pas voulu nous dire,
Méchant Satyre !

SILÈNE

LE CHŒUR

Pied fourchu,
Double pied fourchu,
Promets-tu de rester bien sage
Pendant que nos pas cadencés
S'entrelaceront sous l'ombrage ?
Nous allons chanter et danser
Ce que tu n'as pas voulu dire,
Nous allons chanter et danser,
Vénérable, méchant Satyre !

Les Nymphes se groupent en deux demi-chœurs qui dansent et chantent le chœur alterné.

PREMIER DEMI-CHŒUR

Il est gonflé d'un lourd désir, le chœur des enfants de la terre,
D'un vaste, d'un profond désir,
Ils poursuivent dans la nuit seule et sur leur couche solitaire
Un rêve impossible à saisir.

DEUXIÈME DEMI-CHŒUR

Parfois lorsqu'auprès de l'un d'eux, passe la Nymphe aux pieds rapides,
Au corps frêle, au cœur innocent,
Elle s'effraie à voir soudain briller une flamme cupide
Dans son regard phosphorescent.

UNE TRILOGIE

PREMIER DEMI-CHŒUR

Et certe il est aussi des jours où la Nymphe dans sa chair nue
Sent une étrange volupté
Initier son jeune corps à la défaillance inconnue
Dont s'émeut sa virginité

DEUXIÈME DEMI-CHŒUR

Mais la Moire au cœur implacable inlassablement nous tourmente
Car un grand crime fut commis,
Et pour mieux séparer l'amant et pour mieux séparer l'amante
Au cœur de la Nymphe elle a mis

PREMIER DEMI-CHŒUR

La gaieté puérile et folle, et l'indifférence, et la crainte,
Et l'effroi des trop longs baisers,
Le mépris du geste d'amour, et la fuite devant l'étreinte
Qui seule pourrait apaiser.

DEUXIÈME DEMI-CHŒUR

Parfois l'une d'elles surprise auprès d'une source chanteuse
Par un faune avide et brutal,
Par force subit son désir, et cette caresse honteuse
Et ce spasme qui lui fait mal ;

SILÈNE

PREMIER DEMI-CHŒUR

Mais une telle volupté laisse la chair insatisfaite,
Le cœur vide, et les corps meurtris,
Lorsque sanglante et toute en pleurs, l'enfant va cacher sa défaite,
Faune, c'est en vain que tu ris,

DEUXIÈME DEMI-CHŒUR

Car il gardera son désir, le cœur des enfants de la terre,
Son vaste, son profond désir,
Ils poursuivront dans la nuit seule et sur leur couche solitaire
Un rêve impossible à saisir !

A ce moment Silène, qui a écouté jusque-là pensivement, se lève furieux et pourchasse le groupe qui se disperse et s'envole — Presque aussitôt Silène revient.

SILÈNE

Ni la force, ni la science, ni la ruse,
Ni l'art mystérieux des Muses,
Ni la prière, ni les pleurs
N'attendriront jamais les cœurs !
Elles se rient de ma douleur
Et ma souffrance les amuse !
Allons, Silène, bois et dors,
Inutiles sont tes efforts

Et pour les dieux, comme pour l'homme,
Rien ne vaut boire et faire un somme !

Il prend sa gourde et la vide d'un trait.

Ah, ça va mieux, dormons !

Il s'installe et s'apprête à dormir. — Brusquement, tout s'éteint, puis au bout d'un instant se rallume. — On voit, couché parmi les fleurs, Silène, mais un Silène transfiguré, jeune et beau, étendu dans une pose harmonieuse. Il dort.

Soudain à quelques pas de lui, une forme mystérieuse surgit, d'abord fleur gigantesque, puis papillon, chimère, enfin femme.

Elle erre alors, comme surprise d'être seule, elle cherche de tous cotés.

Enfin elle aperçoit Silène, étendu sur son lit de fleurs. Elle approche et se penche sur lui. Très doucement, sa main effleure le jeune homme. — Silène s'éveille alors et ne paraît pas surpris de la voir.....

LA NYMPHE

C'est bien toi, le fils de la terre !

SILÈNE

C'est bien toi, la fille du ciel !

De ses bras tendus, il l'attire. Elle s'incline vers le baiser. Leurs bouches se trouvent, se fondent.....

SILÈNE

A ce moment obscurité complète, puis la lumière revient d'un seul coup, blanche et crue.

Silène réapparaît alors avec son aspect du début — jambes en l'air, bras grands ouverts, lèvres tendues — dans une attitude ridicule.

Il vient de s'éveiller, et paraît profondément déçu de ne retenir que le vide.

Il s'assied, regarde autour de lui, dépité, puis avec un désespoir comique :

SILÈNE

Seul, toujours seul !

PARIS, 26 Mars 1919.

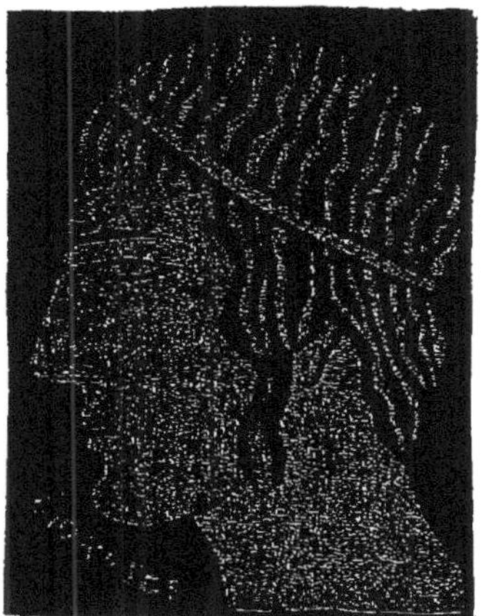

LA TRAGÉDIE DE DIONYSOS

LA TRAGÉDIE DE DIONYSOS

SCÈNE I

L'OLYMPE. Sur un lit de verdure et de fleurs, Bacchos Dionysos repose, merveilleusement beau.

Il est vêtu d'une tunique légère qui découvre l'épaule droite et laisse entrevoir le dessein de son jeune corps androgyne. Ses bras sont nus, ses pieds chaussés de sandales légères, il dort.

Il dort, couché un peu sur le côté ; sa tête couronnée de lierre repose sur son bras légèrement fléchi.

Assise auprès de lui, anxieuse, Sémélé, sa mère, le contemple. Nymphes et faunes, formant le double chœur, entourent le couple divin.

Au loin s'élèvent par intervalles les cris des Bacchantes et des Bacchants partis à la recherche du dieu.

SÉMÉLÉ

Beau, il est beau, mon premier-né, mon enfant, Bacchos aux deux sexe

PREMIER DEMI-CHŒUR (NYMPHES)

Beau, il est beau, ton premier-né, ton enfant, Bacchos aux deux sexe

DEUXIÈME DEMI-CHŒUR (FAUNES)

Beau, il est beau, ton premier-né, ton enfant, Bacchos aux deux sexe

— *Un silence* —

LES BACCHANTES *(chœur de voix lointaines)*

Evohé, Bacché, Evohé !

SÉMÉLÉ, *regardant au loin avec angoisse*

Comme des chiens, *elles* le suivent à la piste !

— *Un silence* —

LES BACCHANTS *(chœur de voix lointaines)*

Evohé, Bacché, Evohé !

SÉMÉLÉ, *de même*

Comme des chiens, *ils* la suivent à la piste !

DEUXIÈME DEMI-CHŒUR (FAUNES) *à Dionysos qui s'éveille*

Dionysos, entends-tu leurs voix ?

DIONYSOS, *comme en rêve*

Oui, ce sont mes amants qui viennent.....

PREMIER DEMI-CHŒUR (NYMPHES)

Dionysos, entends-tu leurs voix ?

DIONYSOS, *de même*

Ce sont mes amantes qui viennent.....

BACCHANTS et BACCHANTES, *au loin*

Evohé, Bacché, Evohé !

Un silence, puis Sémélé, avec passion :

SÉMÉLÉ

O mon enfant, mon bien-aimé,
Fuyons !...
Tu les connais, ils sont cruels ! —
Ils sont affamés de ta chair,
Ils sont assoiffés de ton meurtre !.....

BACCHANTS et BACCHANTES, *au loin*

Evohé, Bacché, Evohé !...

SÉMÉLÉ, *de même*

Viens, fuyons, l'heure est favorable,
Mais il est temps, il est grand temps !.....
Viens, nous descendrons tous les deux vers les demeures infernales,
Je te garderai près de moi comme quand tu étais enfant.....

BACCHANTS et BACCHANTES, *de même*

Evohé, Bacché, Evohé !...

SÉMÉLÉ, *elle pose ses mains sur les épaules de Dionysos et le contemple admirativement*

Comme quand tu étais un tout petit enfant,
Plus beau, plus doux, plus fort, plus sage que tout autre,
Plus caressant qu'un jeune chevreau,
Plus pétulant qu'un jeune poulain !.....

BACCHANTS et BACCHANTES

Evohé, Bacché, Evohé !

SÉMÉLÉ

Viens, fuyons de nouveau devant l'amour des hommes
Comme j'ai fui jadis la rage de Héra,

La reine Héra, la jalouse,
Dont les fils ne te valent pas,
O mon Bacchos, mon premier-né,
Joyeux, de pampres couronné,
Aimé des garçons et des filles !

— Un silence, puis Dionysos :

DIONYSOS

O ma mère, au-dessus des hommes et des dieux
Règnent les Moires redoutables. —
Silencieuses, obstinées,
D'une volonté immuable,
Elles règlent le cours du destin. —
Ni Héra, ni mon père auguste,
Ni même Ouranos étoilé
Ne se dérobent à leurs lois, —
Que chacun reste ou veuille fuir, il trouvera sa destinée, .
Il est fini, le beau voyage, et la peau du tigre est tannée !

BACCHANTS et BACCHANTES

Evohé, Bacché, Evohé !

DIONYSOS

Vois-tu sur les bords de l'Indus pleurer les belles jeunes filles
Aux yeux de nuit lourde, au sein brun,

Et me chercher les jeunes gens au regard fier ?

Vois-tu sur l'Euphrate aux flots noirs les fils des Perses et des Mèdes
Et les prêtresses d'Ecbatane,
Et les jeunes cavaliers d'Assur ?

Vois-tu les sauvages bergers des hautes montagnes de Thrace,
Et les vierges de Babylone
Et les sages de la Chaldée,
Et sur les bords de l'Egyptos, les Egyptiennes aux longs yeux ?

Vois-tu les marins aux pieds nus, les guerriers aux belles cnémides,
Et les filles d'Argos la blanche et de la cité de Cadmos
Célèbres pour leur beau visage et la grâce des attitudes ?

Je les ai grisés de mon stupre, affamés de ma volupté !

BACCHANTS et BACCHANTES

Evohé, Bacché, Evohé !

DIONYSOS

A ma voix la vierge s'est levée,
Et aussi la femme de l'Archonte,
Et le jeune homme, et le vieillard,
Et tous sont partis pour me suivre !
Ils ont cheminé par les monts,

Gravi la pente des collines,
Remonté le cours des torrents,
Guidés par une main divine !

BACCHANTS et BACCHANTES

Evohé, Bacché, Evohé !

DIONYSOS

Maintenant tout est consommé, voici venir l'heure éternelle,
Celle qui doit réaliser !
Les murs du temple sont bâtis,
Le lotus mystique a germé,
Le sang de la vigne est versé,
La coupe est vide, qu'en ferais-je ?
Tout accomplissement est un désir de mort,
Vers toi, ô mère, il faut que je retourne,
Ainsi le veulent les destins !.....

BACCHANTS et BACCHANTES

Evohé, Bacché, Evohé !

DIONYSOS

Rien ne servira de pleurer, encor moins de prendre la fuite,
Et je resterai comme il sied au fils de Zeus le tout-puissant. —
Cependant vous autres partez,

Laissez s'accomplir le mystère
Et s'écouler le fleuve vers sa fin.....
Et d'ailleurs que pourriez-vous faire ?

BACCHANTS et BACCHANTES

Evohé, Bacché, Evohé !

— *Un silence, puis Sémélé :*

SÉMÉLÉ

O mon enfant, mon bien-aimé,
Toi le plus beau des êtres qui respirent,
Est-ce pour ce destin cruel que j'ai si longuement souffert ?
Ah, je me penche vers ton front, vers tes yeux, vers ta chevelure,
Je me penche vers toi comme l'Automne vers son fruit,
Je me penche vers toi comme l'arbre vers la demeure,
Je me penche vers toi comme le tiède après-midi
Regarde le soleil couchant et ne veux pas qu'il meure !

BACCHANTS et BACCHANTES

Evohé, Bacché, Evohé !

DIONYSOS

O ma mère, ne pleure pas,
Tes pleurs silencieux me brûlent,

O ma mère, ne pleure pas,
Et pourquoi veux-tu m'affaiblir ?

— *Un silence, puis Sémélé :*

SÉMÉLÉ

Près de toi mon cœur se dilate et mon âme est pleine de calme,
Je te regarde doucement comme un espoir réalisé,
Je te regarde de côté avec un tendre et clair sourire,
Et je sens mon âme et ma chair s'épanouir dans ta beauté.
Ah, comment vivrais-je sans toi, ô ma seule raison de vivre ?
Comment pourrais-je te quitter, ô ma seule peur de mourir ?

DIONYSOS

Mère, les temps sont révolus où va se perpétrer le rite,
Mon esprit va les féconder jusqu'à ce qu'il revive en toi.

BACCHANTS et BACCHANTES

Evohé, Bacché, Evohé !

— *Un silence, puis Sémélé :*

SÉMÉLÉ

O mon enfant, mon bien-aimé, chair de ma chair, sang de mes veines,
Engendré selon mon désir, créé selon ma volonté,

Regarde mon regard de mère et mes deux yeux gonflés de larmes,
T'ai-je donc nourri de mon lait pour que tu partes avant moi ?
La chaleur tiède de ton corps fait joie à mon âme de mère,
L'odeur chère de tes cheveux grise mon orgueil maternel,
Et je te sens tellement mien, tellement fait de ma substance,
De ma joie et de ma souffrance,
Et de ma chair et de mes os !.....

BACCHANTS et BACCHANTES

Evohé, Bacché, Evohé !

Un silence, puis Dionysos doucement :

DIONYSOS

A quoi sert de vouloir lutter, mère, contre l'inéluctable ?

SÉMÉLÉ

Ne m'a-t-on donné mon enfant que pour le reprendre à nouveau ?

DIONYSOS

A quoi sert de vouloir pleurer quand nul n'a pitié de nos larmes ?

SÉMÉLÉ

Hélas, ne sais-tu pas combien pleurer est doux ?

DIONYSOS

A quoi sert de pleurer ce qui va disparaître ?
A quoi sert de pleurer ce qui va revenir ?

SÉMÉLÉ, *au chœur*

Ecoutez-moi donc, jeunes filles, écoutez-moi donc, jeunes gens,
Puisque je suis si malheureuse et que mon enfant ne veut pas m'entendre,
Gémissez, pleurez avec moi puisqu'il ne veut pas me consoler !

BACCHANTS et BACCHANTES, *encore au loin, mais à partir de ce moment. leurs voix se rapprochent*

Evohé, Bacché, Evohé !

Un bref silence, puis le chœur :

CHŒUR ALTERNÉ DES NYMPHES ET DES FAUNES

PREMIER DEMI-CHŒUR (NYMPHES)

Certes les Moires ont été pour toi cruelles,
Noble fille de Cadmos,
Depuis le jour où dans le haut palais du roi ton père
Zeus foudroyant t'a remarquée,
Grande, pure, douce, belle,
Fière de ta virginité !

DEUXIÈME DEMI-CHŒUR (FAUNES)

Car cependant que tu reposais sur ta couche,
Dormant d'un souffle régulier,
Et ta gorge pure découverte,
Il s'est introduit dans ton lit, et par ses serments, ses caresses,
Ses promesses et ses baisers,
Il a séduit ton cœur tremblant de jeune fille
Et descellé le sceau de ta virginité !

BACCHANTS et BACCHANTES

Evohé, Bacché, Evohé !

PREMIER DEMI-CHŒUR

Certes, il est grand le bonheur des amants
Lorsque leurs bouches se retrouvent
Et se complètent lentement,
Lorsque leurs membres enlacés doucement luttent,
Qu'ils s'unissent avec ferveur
Ou dorment aux bras l'un de l'autre !

DEUXIÈME DEMI-CHŒUR

L'amant cerne de son bras fort le corps souple qui s'abandonne,
L'amante voluptueusement tend sa lèvre pour le baiser,
La chair amoureuse des seins frôle la poitrine musculeuse,
Les genoux serrent les genoux,
Les cheveux roulent emmêlés !

BACCHANTS et BACCHANTES

Evohé, Bacché, Evohé !

PREMIER DEMI-CHŒUR

Mais combien cruels sont les pleurs où meurent les chants et les rires,
La trahison, mère de la vengeance,
Et l'abandon qui laisse un ventre fécondé !
Pour toi, malheureuse, trompée
Par les artifices de Héra,
Tu voulus voir un jour ton amant dans sa gloire,
Le Zeus tonnant, trop redoutable
Pour les regards d'une mortelle !

DEUXIÈME DEMI-CHŒUR

Il vint et ton effroi fut tel que tu retombas sur ta couche,
Tendant vers lui tes deux bras nus,
Morte et faisant surgir la vie !
Ton âme s'exhala dans un cri,
Et dans ce cri naquit Bacchos Dionysos,
Bondissant, qui frappe du thyrse, au double sexe,
Cher aux mortels, redouté par les dieux,
Né de la semence divine !

BACCHANTS et BACCHANTES

Evohé, Bacché, Evohé !

PREMIER DEMI-CHŒUR

Hélas, les temps sont révolus, et voici le retour des choses,
Le retour, l'éternel retour,
Ce qui a vécu doit mourir, ce qui est venu s'en aller,
Ton cœur doit être préparé pour ces malheurs toujours les mêmes,
O divine, et tes yeux gonflés par les larmes qui vont couler !

DEUXIÈME DEMI-CHŒUR

Songe pourtant, ô Cadmeïde, à ta glorieuse destinée !...
C'est par toi que naît et que meurt le grand, le merveilleux désir,
La divinité mâle et femelle !...
Tu l'as recélée en tes flancs,
Bercée à tes bras maternels,
Nourrie à tes seins pleins de lait,
Divine, immortelle toi-même !
Et grâce à cela seulement !

BACCHANTS et BACCHANTES

Evohé, Bacché, Evohé !

Leurs voix sont maintenant toutes proches.

SÉMÉLÉ, *d'une voix sourde*

Comme des chiens, *ils* la suivent à la piste...

— Un silence —

BACCHANTS et BACCHANTES

Evohé, Bacché, Evohé !

SÉMÉLÉ, *de même*

Comme des chiens, *elles* le suivent à la piste !

DEUXIÈME DEMI-CHŒUR (FAUNES)

Dionysos entends-tu leurs voix ?

DIONYSOS

Oui, ce sont mes amants qui viennent.....

PREMIER DEMI-CHŒUR (NYMPHES)

Dionysos, entends-tu leurs voix ?

DIONYSOS

Ce sont mes amantes qui viennent.....

— *Un silence* —

Le chœur entraîne Sémélé qui s'éloigne la tête dans ses mains.

SCÈNE II

Même décor — Même attitude du dieu couché — Les Bacchants et les Bacchantes, couronnés de pampres et de fleurs, entrent en le cherchant par le fond de la scène.

BACCHANTS et BACCHANTES

Ici ! — Par ici ! — Non, par là ! —
Dionysos ! — Misé ! — Fugitif ! — Fugitive ! —
Ici ! — Par ici ! — Non, par là ! —
Où te caches-tu, bondissant ? — Où te dérobes-tu, furtive ?

— Ils cherchent —

BACCHANTS et BACCHANTES

Ici ! — Par ici ! — Non, par là ! —
Dionysos ! — Misé ! — Décevant ! — Décevante !

Ici ! — Par ici ! — Non, par là ! —
Où te caches-tu, rugissant ? Où te dérobes-tu, fervente ?

— Ils cherchent —

UN BACCHANTE

Ici ! Ici !

UNE BACCHANTE

C'est lui !

UN BACCHANT

C'est elle !

LE PREMIER BACCHANT

Venez tous !

LA BACCHANTE

Dionysos !

LE BACCHANT

Misé !

AUTRE BACCHANTE

Bacchos !

AUTRE BACCHANT

Chaste déesse !

BACCHANTE

Entends nos voix !

BACCHANT

Réveille-toi !

BACCHANTE

Regarde-nous !

BACCHANT

Sors du long sommeil qui t'oppresse !

Les Bacchants et les Bacchantes entourent Dionysos qui lentement s'éveille.

DIONYSOS

Ah, j'ai dormi...

BACCHANTS et BACCHANTES

Le dieu, le dieu !...

DIONYSOS

J'ai bien dormi.....

UNE TRILOGIE

BACCHANTS et BACCHANTES

Le dieu, le dieu !...

DIONYSOS

J'ai bien dormi, qui donc m'éveille ?

— Il regarde les Bacchantes et les Bacchants rassemblés autour de lui.

BACCHANTS

Ne nous reconnais-tu donc pas ?

DIONYSOS

Vous êtes mes amants qui viennent.....

BACCHANTES

Ne nous reconnais-tu donc pas ?

DIONYSOS

Et vous mes amantes qui viennent.....

— Un silence, puis les Bacchants :

BACCHANTS

Nous t'avons deviné, Bacchos,
Nous t'avons reconnu sous ton déguisement,

Nous t'avons devinée, ô Dionysos Misé,
Reine, sacrée, frénétique, éternelle,
Qui voyageais avec ta mère aux bords sacrés de l'Egyptos
Cachée aux regards des mortels !

Oui, pareils à des chiens lancés sur une piste
Nous t'avons suivie, ô déesse,
A travers les champs et les bois,
Les montagnes et les collines,
Guides par ton odeur femelle !

Nous t'avons suivie sans repos,
Sans relâche malgré la fatigue,
Sans pitié pour nos corps mortels ;
Et voici : tu es devant nous,
O noble, o pure, o souveraine,
Parée de ta beauté sereine
Et de ton immortalité !

— *Un silence, puis les Bacchantes :*

BACCHANTES

Ecoute-nous, Bassaréen,
Qui cours en bondissant par les collines !

Ecoute-nous, ineffable, profond,

Ami du pampre vert des vignes
Et des grappes lourdes de raisins !

Ecoute-nous, viril et doux,
Ecoute-nous plutôt que ceux-là qui sont avec nous !

Quels que soient ta double nature et le sens caché de tes formes,
Nous sommes venues jusqu'à toi pleines d'une étrange fureur ! —
Ainsi qu'un ouragan soudain déracine les plus hauts chênes
Et penche sur la vaste mer le navire aux mâts gémissants
Le désir s'élève en nos cœurs et fait battre notre poitrine,
Gonfler nos seins, courir nos pieds !

Un temps, puis avec explosion :

Nous voulons, ô Bassaréen, nous voulons partager ta couche,
— Un dieu, un dieu, ce n'est qu'un dieu qui peut inspirer ce désir ! —
Nous voulons, ô Bassaréen, nous voulons partager ta couche,
Soumettre nos corps à ton corps, étreindre de nos bras tes reins,
Pour qu'en nos ventres fécondés, germe, prenne force, palpite,
Mystérieux,
L'enfant né de la chair mortelle et de la semence des dieux !

Un silence — Dionysos lève la main pour indiquer qu'il va parler.

DIONYSOS

Enfants des hommes qui venez, poussés par une étrange audace,
Certe, vous m'avez devinée et je suis ce double vouloir,

Je suis cette volonté double,
Mais si je fais battre vos cœurs et languir votre chair mortelle,
Ma chair divine reste chaste et mon cœur n'a pas de désir !

Un bref silence, puis les Bacchants :

BACCHANTS

Nous sommes beaux, nous sommes forts, nous avons couru sur le sable,
Le soleil a doré nos corps et pour nous voir lutter le soir,
La courtisane a pénétré jusque dans l'arène interdite,
Les aèdes et les penseurs ont quitté les femmes pour nous.

BACCHANTES

Regarde-nous, nous sommes les plus belles !
Nos gorges, nos hanches, nos cous,
Nos visages aux lignes calmes,
Nos reins élastiques et doux
Ont de tendres délicatesses
Et des pâleurs
De neuves fleurs !
Nos membres longs et fuselés ont des fragilités de tige
Nos pieds ténus frôlent le sol comme des papillons de chair,
Vois, plusieurs d'entre nous sont vierges
Telles de merveilleuses proies,
D'autres ont déjà des amants et sont expertes au plaisir,

Choisis, désirable, divin, aucune de nous n'est jalouse,
Et l'herbe est molle et favorable au jeu d'Aphrodite et d'Eros !

Un silence — Dionysos ne répondant pas, les Bacchants reprennent.

BACCHANTS

Admire la sveltesse impérieuse de nos corps,
Nos membres brutaux et flexibles !
Réfléchis : être possédée,
Possédant cependant toi-même,
Mourir de la plus douce mort
Sous un océan de caresses !

BACCHANTES

Pense à la joie immense de saisir
Et de meurtrir la chair passive au dur vouloir de ton étreinte,
Pense au bonheur cruel et fort,
Quand la volupté monte au point qu'elle déborde,
D'assujettir le rythme angoissé de nos plaintes
Jusqu'à ce que dans un sanglot
Se répande ta volupté !

Un silence, puis Dionysos avec lenteur et lassitude :

DIONYSOS

Mortels, votre querelle est vaine et vos paroles sont futiles
Car il n'est ni plainte ni spasme,
Il n'est ni bonheur ni remords,
Il n'est ni plaisir ni détresse
Pour moi !
Jamais sur cette chair glacée où se sont fondus les deux sexes,
Changeant leur union féconde en un stérile accouplement,
Jamais dans ce cœur assouvi
Où les deux sexes ont mêlé leurs sangs avides l'un de l'autre,
N'a frémi l'aile du désir
Ou la soif cruelle du baiser.
Sans écho restent vos appels, sans fondement votre espérance,
Inutilement vous pleurez !
Ainsi donc fuyez loin d'ici pour chercher parmi vos semblables
L'ombre de la divinité qui vous a guidés jusqu'à moi,
Respectez les dieux immortels et fuyez ces lieux redoutables
Qu'ils ont seuls le droit de fouler !

Un silence — Une hésitation ; puis les Bacchants et les Bacchantes reprennent alternativement et crescendo :

BACCHANTS

Nous sommes devant toi, dévorés par l'attente,
Domptés par le cruel Eros.

UNE TRILOGIE

BACCHANTES

Nos seins gonflés, nos hanches frémissantes
D'une ardeur sourde qui fait mal
Et qui fait plaisir tout ensemble
Aprement se tendent vers toi !

BACCHANTS

La volupté nous a marqués de son empreinte
Notre poitrine est pleine de soupirs.....

BACCHANTES

Notre chair demande l'étreinte,
Et toi seul tu peux la guéiir !

DIONYSOS

Vos paroles d'amour m'offensent,
Et votre désir m'importune,
Allez, ne troublez pas plus longtemps mon repos. —

Il se lève — Les Bacchantes et les Bacchantes forment un cercle autour de lui.

BACCHANTES

Réfléchis, ô Bassaréen, pèse le sens de tes paroles !

DIONYSOS

Réfléchissez plutôt vous-même et craignez mon juste courroux !

BACCHANTS

Redoute un désespoir funeste et les mauvais conseils qu'il donne !

DIONYSOS

Et lequel doit redouter l'autre et quel est le dieu parmi nous ?

Un silence, puis les Bacchantes :

BACCHANTES

Ecoute, nous avons pour venir jusqu'à toi
Etouffé tout remords, quitté toute pudeur,
Toute dissimulation vaine. —
Si nous avons franchi la colline et la plaine,
Traversé la rivière et grimpé sur le mont, —
Si nous avons laissé le foyer déserté,
La mère en pleurs et l'époux dans l'angoisse,
Les enfants effrayés, —
Si nous avons couru par la nuit ténébreuse,
Sous le soleil ardent,
Sans arrêt, sans repos, malgré toute fatigue,
Sans pitié pour personne et sans pitié pour nous,
Sans crainte des dieux même, —

Certes, cela n'est pas pour revenir ainsi,
Pareilles à des chiens dont la langue est pendante
Et la bouche sèche de désir !

BACCHANTS

O Reine, te voilà livrée et sans défense
Nous ne te laisserons pas fuir !
Tels des bergers prompts à la course
Et qui ont acculé le loup,
Nous te regardons haletants et le cœur débordant de crainte,
Mais aussi certes de plaisir !

Un silence — Autour de Dionysos le cercle des Bacchants se rétrécit.

DIONYSOS

Mortelles, respectez un immortel,
Mortels, craignez une immortelle,
Laissez-moi partir sans contrainte,
Je n'ai rien à faire avec vous. —

Il fait deux pas pour s'éloigner, les Bacchants lui barrent la route.

BACCHANTES

Tu ne partiras pas, Bacchos !

BACCHANTS

Tu ne partiras pas, déesse !

DIONYSOS

Suis-je donc votre esclave ou suis-je votre roi ?

BACCHANTES

Tu ne partiras pas Bacchos !

BACCHANTS

Tu ne partiras pas, déesse !

DIONYSOS

Mortels, oserez-vous porter la main sur moi ?

Une pause — Dionysos et les Bacchants silencieusement s'observent.

UN BACCHANT

Si tu restes, Bacchos, personne d'entre nous
Envers toi n'usera de force ou de contrainte,
Mais si tu veux partir, nous te retiendrons tous !

DIONYSOS

Ainsi, vous n'avez plus ni piété ni crainte ?
Vous n'avez plus ni crainte ni remords ?

UNE TRILOGIE

LE BACCHANT

Où naît l'amour s'efface toute crainte,
Où naît l'amour s'efface tout remords. —

Un silence — Puis Dionysos à nouveau :

DIONYSOS

Bacchants, éloignez-vous de moi !

LES BACCHANTS

Tu ne partiras pas, déesse.

DIONYSOS

Bacchantes, laissez-moi partir !

LES BACCHANTES

Bacchos, tu ne t'en iras pas.

Nouvelle pause — Et soudain Dionysos tente de s'enfuir — Mais les Bacchants et les Bacchantes le retiennent.

DIONYSOS

Laissez, laissez, vos mains sacrilèges me blessent !

BACCHANTS, *aux Bacchantes*

De quel droit portez-vous la main sur la déesse ?

BACCHANTES, *aux Bacchants*

De quel droit cherchez-vous à retenir le dieu ?

— *Ils luttent* —

DIONYSOS

Laissez, laissez, vos mains sacrilèges me blessent !

BACCHANTS, *aux Bacchantes*

De quel droit portez-vous la main sur la déesse ?

BACCHANTES, *aux Bacchants*

De quel droit cherchez-vous à retenir le dieu ?

Ils luttent — Les Bacchants et les Bacchantes se disputent Dionysos.

LES BACCHANTES

Laissez, elle nous appartient la chair faite pour nos caresses !

LES BACCHANTS

De quel droit portez-vous la main sur la déesse ?

LES BACCHANTES

De quel droit cherchez-vous à nous prendre le dieu ?

Ils luttent — Les Bacchants prennent l'avantage.

UNE BACCHANTE

Malheureux ! vous nous faites mal ! Oh certes, nous nous vengero

Ils luttent — Les Bacchants repoussent les Bacchantes.

UN BACCHANT

A nous ! La victoire est à nous ! Pour vous, emmenez la déesse !

LES BACCHANTES

Le dieu ! le dieu !

LE BACCHANT

Entraînez-la pendant que nous les retenons !

Les Bacchants entraînent Dionysos qui se débat.

LES BACCHANTES

Le dieu ! Ils entraînent le dieu !

LE BACCHANT

La force a vaincu la faiblesse...

LES BACCHANTES

Le dieu ! Ils entraînent le dieu !

UNE BACCHANTE, *se dégageant*

Oh, ils ne l'auront pas vivant !

Elle parvient jusqu'à Dionysos et le frappe à la gorge — Le sang jaillit. Dionysos s'affaisse avec un grand cri. Stupeur générale — Le combat s'arrête — Long silence.

BACCHANTS et BACCHANTES

Le dieu, le dieu, le sang du dieu !

UNE BACCHANTE

Hélas, quelle affreuse blessure !

BACCHANTS et BACCHANTES

Le dieu, le dieu, le sang du dieu !

UN BACCHANT

Hélas, quel terrible malheur !

BACCHANTS et BACCHANTES

Le dieu, le dieu, le sang du dieu !

LA BACCHANTE

Le fer a creusé sa morsure !

BACCHANTS et BACCHANTES

Le dieu, le dieu, le sang du dieu !

LE BACCHANT

Le sang vermeil rougit les fleurs.

Un silence — Dionysos, affreusement pâle, se soulève légèrement, puis retombe inerte — Angoisse — Les Bacchants et les Bacchantes anxieusement se penchent sur lui.

Un long silence — Et brusquement Bacchants et Bacchantes se redressent.

BACCHANTS et BACCHANTES

Le dieu est mort, le dieu est mort !

UNE BACCHANTE, *d'une voix sourde, à elle-même*

Quelle étrange fureur m'agite ?...

BACCHANTS et BACCHANTES

Le dieu est mort, le dieu est mort !

LA BACCHANTE, *de même*

Quel est ce redoutable émoi ?...

BACCHANTS et BACCHANTES

Le dieu est mort, le dieu est mort !

LA BACCHANTE, *de même*

Un autre m'inspire et m'anime !...

BACCHANTS et BACCHANTES

Le dieu est mort, le dieu est mort !

LA BACCHANTE, *de même crescendo*

Un autre que moi vit en moi.....

BACCHANTS et BACCHANTES

Le dieu est mort, le dieu est mort !

LA BACCHANTE, *avec explosion et d'une voix forte*

Il vit, il vit, il vit en moi !

Oh, oh, oh ! L'ivresse me gagne, une volonté surhumaine
S'empare de mon corps mortel, et je suis le dieu, tout le dieu !
Ou plutôt la moitié du dieu,
Qui cherche, cherche, cherche l'autre !

9.

Qui domptera, qui domptera, qui domptera cette fureur ?
Qui calmera, qui calmera, qui calmera cette folie ?
Qui rassasiera ce désir ?
Qui nourrira cette agonie ?
Puisque le dieu, le dieu n'est plus !

BACCHANTS et BACCHANTES

Evohé, Bacché, Evohé !

LA BACCHANTE, *dans un gémissement*

Le dieu n'est plus... tout le désir,
Oh, tout le désir de la chair !
Et le désir de l'autre sexe,
Et le désir de tout, de tout !...

Ah, qui pourra les assouvir ?
Je voudrais me fondre, me fondre,
Ne faire qu'un avec les choses,
Ne faire qu'un avec le Tout !

Portant les deux mains à son front, elle dissimule son visage — Alors les Bacchants et les Bacchantes :

BACCHANTS et BACCHANTES

Il n'est pas mort, il n'est pas mort, il vit, il vit, il vit en nous !
Oh, oh, oh, quelle étrange ardeur, quelle étrange fureur m'anime ?

Quelle force invinciblement soulève, soulève mon corps ?
Quelle force cruellement ? Quelle volonté frénétique ?
Je cherche, je cherche le dieu de toute l'ardeur de ma chair !
Je cherche, je cherche le dieu de toute l'ardeur de mon sexe!
Et le dieu, le dieu vit en moi !
Je voudrais l'étreindre, m'étreindre,
M'avoir, me posséder moi-même et combien furieusement !
De quelle insatiable ardeur, de quelle haine maléfique !
Oh, oh, oh ! et posséder tout !
Tout ce qui vit, tout ce qui meurt et qui possède chair et sexe,
Et tout ce qui n'a pas de sexe et qui vit, qui vit cependant !

LA BACCHANTE

Et qui vit, qui vit jusqu'en nous d'une vie obscure et profonde,
Et qui se cherche et se désire,
Et qui se désire et se veut,
Comme deux tronçons de serpent,
Comme deux moitiés de vipère,
Comme l'eau marine et la terre,
Comme la fille et le garçon,
Comme un besoin de spasme obscur
Où la mort serait une étreinte
Pleine de rouge volupté !

Un silence — Une autre Bacchante s'approche alors de l'Inspirée, et posant une main sur son épaule, parle au groupe d'une voix ardente et dure.

UNE TRILOGIE

DEUXIÈME BACCHANTE

Venez, fuyons, courons, hurlons, foulons la terre nourricière !
De nos pieds durs, de nos pieds forts, meurtrissons, brisons son désir
Punissons nos chairs infécondes !
Laissons le sang du dieu aux ronces !
Laissons-leur notre propre sang !

BACCHANTS et BACCHANTES

Evohé, Bacché, Evohé !

PREMIÈRE BACCHANTE

Fuyons, la chevelure au vent, arrachons, déchirons nos voiles !
Appelons le dieu qui n'est plus !

BACCHANTS et BACCHANTES

Evohé, Bacché, Evohé !
Evohé, Bacché, Evohé !

DEUXIÈME BACCHANTE

Courons, fuyons, hurlons jusqu'à cette fatigue
Qui tue !
Courons, fuyons, hurlons jusqu'à ne plus pouvoir !
Courons, fuyons, hurlons jusqu'à rouler par terre !
Assouvissons l'âme du dieu trop forte pour nos corps mortels !

BACCHANTS et BACCHANTES

Evohé, Bacché, Evohé !
Evohé, Bacché, Evohé !

Les Bacchantes poussant des cris frénétiques, se rassemblent autour de l'Inspirée — Brusquement un Bacchant s'élance, et traversant le groupe, saisit la jeune femme à bras le corps.

LE BACCHANT

Non, non, vous ne partirez pas, et tu resteras la première !
Qui rassasiera nos désirs, si vous partez ? Le dieu te veut !
En moi le dieu te veut, te dis-je, et par la force qu'il me donne,
Il te possèdera par moi, quelle que soit ta volonté !

LA BACCHANTE, *luttant, d'une voix sourde*

Bacchant, que me veux-tu, Bacchant ?

LE BACCHANT, *de même*

Bacchante, tu le sais, Bacchante !

LA BACCHANTE

Non, laisse-moi, tu me fais mal...

LE BACCHANT

Tant mieux puisque c'est ton plaisir !

UNE TRILOGIE

LA BACCHANTE

Bacchant, que me veux-tu, Bacchant ?

LE BACCHANT

Bacchante, tu le sais, Bacchante !

LA BACCHANTE

Laisse-moi, je sens que je meurs...

LE BACCHANT

Tant mieux, puisque c'est ton désir !

Il la maîtrise et s'empare de ses lèvres.

LES BACCHANTES

Le dieu est mort, le dieu est mort, le vrai, le grand, le seul Epoux !

LES BACCHANTS

Il n'est pas mort, il n'est pas mort, il vit, il vit, il vit en nous !

Les deux groupes se fondent — Enlacement silencieux — La nuit.

SCÈNE III

Le Crépuscule sur l'Olympe — Comme au début et sur le même lit de fleurs, Bacchos Dionysos étendu. Sa mère, assise auprès de lui, maintient sur ses genoux pliés la tête admirable et livide, et la contemple avec amour et désespoir — Le chœur des faunes et des nymphes.

SÉMÉLÉ

Beau, il est beau, mon premier-né, mon enfant, Bacchos aux deux sexes !

PREMIER DEMI-CHŒUR (NYMPHES)

Beau, il est beau, ton premier-né, ton enfant, Bacchos aux deux sexes !

DEUXIÈME DEMI-CHŒUR (FAUNES)

Beau, il est beau, ton premier-né, ton enfant, Bacchos aux deux sexes !

— Un silence, —

SÉMÉLÉ

Hélas ! il porte au flanc la plaie, la plaie de son amour des hommes,
Tout son sang pur s'est écoulé sur la terre grasse et les fleurs !

LE CHŒUR

Hélas ! il porte au flanc la plaie, la plaie de son amour des hommes,
Tout son sang pur s'est écoulé sur la terre grasse et les fleurs !

SÉMÉLÉ

Tout son sang pur s'est écoulé comme une liqueur forte et douce,
La terre s'en est abreuvée et les hommes s'en sont nourris.....

LE CHŒUR

Tout son sang pur s'est écoulé comme une liqueur forte et douce,
La terre grasse est fécondée, et le cœur de l'homme est nourri.

SÉMÉLÉ

Jamais plus je ne le verrai doucement sourire à sa mère,
Jamais plus orgueilleusement je ne le suivrai du regard.....

LE CHŒUR

Jamais plus tu ne le verras doucement sourire à sa mère,
Jamais plus orgueilleusement tu ne le suivras du regard.

LA TRAGÉDIE DE DIONYSOS

SÉMÉLÉ

Jamais plus je ne sentirai la tiédeur ferme de ses lèvres,
Jamais plus son front calme et doux ne reposera sur mon sein.....

LE CHŒUR

Jamais plus tu ne sentiras la tiédeur ferme de ses lèvres,
Jamais plus son front calme et doux ne reposera sur ton sein.

SÉMÉLÉ

Jamais plus il ne bondira par la plaine et par la colline,
Jamais plus on ne tressera de couronne pour ses cheveux.....

LE CHŒUR

Jamais plus il ne bondira par la plaine et par la colline,
Jamais plus on ne tressera de couronne pour ses cheveux.

SÉMÉLÉ

Hélas, hélas, le désespoir, le désespoir emplit mon âme,
Malheureuse dont le cœur pleure et saigne et qui ne peut mourir !

LE CHŒUR

Immortelle, tu ne dois pas pleurer comme une simple femme,
Les hommes seuls doivent pleurer, bien que les dieux puissent souffrir !

UNE TRILOGIE

SÉMÉLÉ

Mon cœur est celui d'une mère et non celui d'une immortelle,
Quand il est mort, le seul aimé, comment pourrais-je vivre encor ?

LE CHŒUR

Toute fleur qui se fane et meurt fait éclore une fleur nouvelle,
Toute nuit trouve son aurore et même la nuit de la Mort !

SÉMÉLÉ

J'invoque, j'appelle la mort comme une amante abandonnée,
Il n'est plus en moi d'autre espoir que de pouvoir mourir aussi.

LE CHŒUR

Ecoute, si ton cœur est fort nous t'apprendrons la destinée,
Heureuse certes d'une part, mais de l'autre cruelle aussi.

SÉMÉLÉ

Que m'importe ma destinée ! Elle était en lui tout entière,
Elle vivait dans son corps svelte, elle riait dans ses grands yeux !

LE CHŒUR

Malgré la mort, ta destinée est encore en lui toute entière,
Elle rira dans son corps svelte, elle pleurera dans tes yeux.

SÉMÉLÉ

Quelle douleur puis-je connaître après cette douleur finale ?
Et comment pourrais-je être heureuse alors que mon seul fils est mort ?

LE CHŒUR

Il reviendra, il reviendra, pour célébrer les Triennales,
Il reviendra, le Bondissant, le Souple, le Joyeux, le Fort !

SÉMÉLÉ

Arrête ! Railler la douleur d'une pauvre mère est impie !
Crains l'espoir menteur qui s'attache à ton langage enveloppant,

LE CHŒUR

Divine, il n'est en notre cœur ni mensonge ni raillerie,
Dès longtemps nous savons cela nous autres les fils du dieu Pan !
Ils reviendront les jours heureux, les jours féconds des Saturnales,
Mêlant le pourpre du vin rouge au pourpre sanglant de la Mort,
Il reviendra, il reviendra pour célébrer les Triennales,
Il reviendra, le Bondissant, le Souple, le Joyeux, le Fort !

SÉMÉLÉ

Comment pourrait-il revenir quand est morte sa douce haleine ?
Comment pourrait-il revenir quand son sang pur s'est écoulé ?
Sa tête brune à l'abandon roule sur son épaule pleine,
Comme sur le sein d'une vierge un pavot cueilli dans le blé !

UNE TRILOGIE

LE CHŒUR

Ils reviendront, les jours heureux, les jours féconds des Saturnales,
Mêlant le pourpre du vin rouge au pourpre sanglant de la Mort,
Il reviendra, il reviendra pour célébrer les Triennales,
Il reviendra, le Bondissant, le Souple, le Joyeux, le Fort !

SÉMÉLÉ

Comment pourrait-il revenir quand ses bras retombent inertes,
Pareils à quelque douce fleur tombée au tranchant de la faux,
Comment pourrait-il revenir lorsque ses lèvres entr'ouvertes
Dorment l'immobile sommeil des champs de l'éternel repos ?

LE CHŒUR

Ils reviendront, les jours heureux, les jours féconds des Saturnales,
Mêlant le pourpre du vin rouge au pourpre sanglant de la Mort,
Il reviendra, il reviendra pour célébrer les Triennales,
Il reviendra, le Bondissant, le Souple, le Joyeux, le Fort !

SÉMÉLÉ

Comment pourrait-il revenir lorsque sur ma chair maternelle,
Je sens lentement se glacer l'enfant que ma chair a nourri ?
Comment pourrait-il revenir, lorsque dans ses larges prunelles,
Je vois se ternir le regard auquel mon regard a souri ?

LE CHŒUR

Ecoute et sache pour jamais quelle est ton âpre destinée :
Sur la couche où reposera ta nouvelle virginité

Reviendra le Zeus fécondant pour que dans ta chair étonnée
Renaisse le fragile espoir de la douce maternité !

SÉMÉLÉ, *avec un cri d'effroi*

Arrête, que veux-tu m'apprendre, et quelle âpre fureur te pousse ?
Tu sais de quel destin cruel j'ai payé mon égarement !

LE CHŒUR

Ils renaîtront l'âpre désir, l'effroi, la nuit cruelle et douce,
Il reviendra le beau, le fort, le cruel, l'implacable amant !
Il reviendra le Fécondant que ton cœur ne veut plus connaître,
Il renaîtra le Bondissant, le Souple, le Joyeux, le Fort,
Rien ne fleurit que pour mourir, rien ne s'éteint que pour renaître,
Toute nuit trouve son aurore, et même la nuit de la Mort !

SÉMÉLÉ

Arrête, que veux-tu m'apprendre, et quelle âpre fureur te pousse ?
Tu sais de quel destin cruel j'ai payé mon égarement !

LE CHŒUR

Ils renaîtront l'âpre désir, l'effroi, la nuit cruelle et douce,
Il reviendra le beau, le fort, le cruel, l'implacable amant !....
Tu connaîtras la défaillance, et la chair qui lutte et qui cède,
Les membres trahis par l'espoir et le goût de la volupté,
L'étreinte que l'on voudrait fuir et que malgré soi-même on aide,
Le baiser qui cherche la bouche et que l'on ne peut éviter !

UNE TRILOGIE

SÉMÉLÉ

Arrête, que veux-tu m'apprendre, et quelle âpre fureur te pousse ?
Tu sais de quel destin cruel j'ai payé mon égarement !

LE CHŒUR

Ils renaîtront l'âpre désir, l'effroi, la nuit cruelle et douce,
Il reviendra le beau, le fort, le cruel, l'implacable amant !
Tu connaîtras les nuits d'angoisse où sur sa couche solitaire,
L'amante veuve dans sa chair, soulevée à ses bras tremblants,
Anxieuse, attend le retour où s'évanouit toute peine,
Et la colère de Héra, l'épouse aux yeux étincelants ;

Tu connaîtras dans l'ombre froide où la chair palpite et frissonne
La fuite sous les seuls regards d'Ouranos le père au cœur dur,
Et la rage de Poséidon et le mépris de Perséphone,
Et dans ton ventre fécondé l'appel mystérieux et sûr !

SÉMÉLÉ

Hélas, hélas, j'ai tant souffert, faut-il que tout cela revienne ?

LE CHŒUR

Veux-tu que ton fils, le si doux, sourie à ta fécondité ?

SÉMÉLÉ

Hélas, hélas, j'ai tant souffert, faut-il que tout cela revienne ?

LE CHŒUR

Veux-tu retrouver la tièdeur de sa fragile nudité ?

SÉMÉLÉ

Hélas, hélas, j'ai tant souffert, faut-il que tout cela revienne ?

LE CHŒUR

Veux-tu guider sur le sol dur la maladresse de ses pas ?

SÉMÉLÉ

Hélas, hélas, j'ai tant souffert, faut-il que tout cela revienne ?

LE CHŒUR

Veux-tu sentir à ton cou nu le collier tiède de ses bras ?

SÉMÉLÉ

Ah ! ne puis-je avoir mon enfant sans tant de souffrance et de larmes

LE CHŒUR

O divine, il faut tout d'abord que s'accomplisse le destin.

SÉMÉLÉ

Ah ! ne puis-je avoir mon enfant sans tant de souffrance et de larme

LE CHŒUR

Pour posséder un bien si doux, tu dois te faire un cœur hautain.

SÉMÉLÉ

Ah ! ne puis-je avoir mon enfant sans tant de souffrance et de larmes

LE CHŒUR

Tu dois te faire un cœur de flamme, un cœur ami de la douleur...

SÉMÉLÉ

Ah ! ne puis-je avoir mon enfant sans tant de souffrance et de larmes

LE CHŒUR

Tu dois te faire un cœur de marbre, une âme qui rie au malheur !

Un silence, puis brusquement coup de tonnerre lointain, sourd, prolongé — Sémélé lève ses regards vers le ciel.

SÉMÉLÉ

O Zeus, ô Zeus, à quel abîme as-tu conduit ma destinée !

Nouveau coup de tonnerre plus proche — L'ombre s'accroît rapidement.

LE CHŒUR

Ecoute, voici son tonnerre et le dieu des dieux qui s'approche.

SÉMÉLÉ

O Zeus, ô Zeus, à quel abîme as-tu conduit ma destinée !

LE CHŒUR

La foudre fera crouler l'arbre et voler en éclats la roche !

SÉMÉLÉ

O Zeus, ô Zeus, à quel abîme as-tu conduit ma destinée !

LE CHŒUR

L'amant possèdera l'amante, et meurtrira le corps si doux !

SÉMÉLÉ

O Zeus, ô Zeus, à quel abîme as-tu conduit ma destinée !

LE CHŒUR

Elle lui ouvrira sa couche et l'asile de ses genoux !

SÉMÉLÉ

Arrête, que veux-tu m'apprendre, et quelle âpre fureur te pousse ?
Tu sais de quel destin cruel j'ai payé mon égarement !

LE CHŒUR

Ils renaitront, l'âpre désir, l'effroi, la nuit cruelle et douce,
Il reviendra, le beau, le fort, le cruel, l'implacable amant !

SÉMÉLÉ

Hélas, hélas, j'ai tant souffert, faut-il que tout cela revienne ?

LE CHŒUR

Veux-tu que ton fils, le si doux, sourie à ta fécondité ?

SÉMÉLÉ

Hélas, hélas, j'ai tant souffert, faut-il que tout cela revienne ?

LE CHŒUR

Veux-tu retrouver la tièdeur de sa fragile nudité ?

SÉMÉLÉ

Ah ! ne puis-je avoir mon enfant sans tant de souffrance et de larme

LE CHŒUR

O divine, il faut tout d'abord que s'accomplisse le destin.

SÉMÉLÉ

Ah ! ne puis-je avoir mon enfant sans tant de souffrance et de larmes

LE CHŒUR

Pour posséder un bien si doux tu dois te faire un cœur hautain ; —

LA TRAGÉDIE DE DIONYSOS

Un cœur à la volonté dure, une âme forte et souveraine,
Qui aime la plus rude vie, et le plaisir et la douleur,
Un cœur de flamme, un cœur de pierre, où règnent l'amour et la haine,
Un cœur ami de la souffrance, une âme qui rie au malheur !

SÉMÉLÉ

Si je dois garder mon enfant, que m'importera la souffrance ?
Mais l'enfanterai-je à nouveau pour le voir à nouveau mourir ?

LE CHŒUR

Tu connaîtras la même joie et la même désespérance,
Ce que tu as déjà souffert, tu devras encor le souffrir !

Il reviendra, le Fécondant que ta chair ne veut plus connaître,
Il reviendra, le Bondissant, cher aux filles et aux garçons,
Rien ne fleurit que pour mourir, rien ne s'éteint que pour renaître,
Les harpes éternellement s'accordent pour les mêmes sons !

Silence — Acceptant le destin Sémélé se penche et baise passionnément Dionysos au front — Il fait maintenant tout à fait noir — Un éclair déchire la nue et illumine une dernière fois le groupe — Coup de tonnerre proche et violent — La nuit.

SALONIQUE, 15 Janvier 1919.

TABLE

CES POÈMES DE CHARLES FOIX, ORNÉS DE BOIS DESSINÉS ET GRAVÉS PAR A. J. POWILEWICZ, ONT ÉTÉ ACHEVÉS D'IMPRIMER LE 3 JUILLET 1923 PAR F. PAILLART, IMPRIMEUR A ABBEVILLE, POUR HENRI JONQUIÈRES ET Cie, ÉDITEURS.

PRIX : **12** francs.

www.ingramcontent.com/pod-product-compliance
Ingram Content Group UK Ltd.
Pitfield, Milton Keynes, MK11 3LW, UK
UKHW031902260826
14628UKWH00002B/946

9 782329 176048